KB134239

여성을 비추는 열 개의 거울

광화문 소설클럽

책봇 edisco

일러두기

이 책에 쓰인 인용문은 프로젝트 구텐베르크(http://www. gutenberg. org) 에서 제공한 e-book을 광화문 소설클럽에서 직접 번역한 것입니다.

목차

'광화문 소설클럽'의
첫 책을 내며

함께 모여 공부한 지 어언 10년이 지났습니다. 20대가 30대가 되고, 40대가 50대가 되는 시절을 함께 보낸 사람들. 같이 책 읽다가 이렇게 나이 먹는 줄도 몰랐습니다. 우린 서로를 처음 만났던 그때 그대로 기억하고 있습니다. '마음은 청춘'이란 말이 어떤 뜻인지 현실 자각 타임이 올 때마다 생각합니다. '뭘 해야 정말 괜찮게 나이 먹을 수 있을까?'

멋지게 나이 먹으려는 것도 욕심이라고 합니다. 나이 들면 할 수 없는 게 많아지고 남의 도움을 받아야 하고 판단력도 흐려지는 것이라고. 노인이 백과사전 역할을 하던 때는 지나도 훨씬 전에 지났고, 그 자리에 검색과 빅데이터가 차지하여 너희도 모르는 너희의 욕망을 알려주겠다며 우리의 미래를 지시하고 있습니다. 한 인간이 살아오면서 축적한 데이터는 잔소리로 전락하고 과거를 미화하는 고집은 젊은 세대와의 소통을 단절시키고 있습니다. 아! 정말 어떻게 나이 먹어야 할까요?

마흔, 이제는 빼도 박도 못하는 '어른'이 되었다는 생각에 '어른스러움'을 고민하던 때였습니다. 그 무렵 강남역에서 살인 사건이 벌어졌습니다. 예전 같으면 사회 뉴스로 스치고 지나갔을 그 사건에 대해 젊은 여성들은 "여성이라서 죽였다"며 분노를 표출했습니다. 솔직히 놀랐습니다. '갑자기 왜 저러는 거지?' 젊은 세대의 이런 반응에 대해 집중해 보기로 했습니다. 그 결과 우리가 골목길과 지하철, 버스, 학교, 회사, 집에서… 그렇게 많은 차별을 당하면서도 차별인 줄 모르고, 불쾌한 폭력도 잘 참고, 부당함이 부당함인지도 모르면서 가정과 사회가 원하는 친절하고 모범적인 여성 시민으로 지냈다는 걸 알았습니다. '교수는 왜 다 남자였지? 그 많은 여학생들은 다 어디 가고?' 이런 의문이 그제야 생기고, 나 스스로 '여자가 무슨'이라는 생각 속에 자신을 억압하고 있었다는 것을 마흔이 넘어서야 알게 되었습니다! 비교적 '정상' 범주에서 보호(?)받으며 가정과 사회에서 요구하는 것들을 잘 수행하면서 아무 의심 없이 온갖 차별과 혐오를 생산하고 있었던 것입니다. 이럴 수가! 우린 그동안 뭘 공부하고 뭘 고민한 겁니까!

'페미니즘'과 '페미니스트', 이 말은 '공산당', '빨갱이'를 대체하는 낙인이 된 것 같습니다. 원래 그런 거라는 상식에 도전하고 잔말 말고 순종적이길 바라는 다수에 저항하니까요. 하지만 어쩔 수 없습니다. 이미 세상의 기준에 잘 맞는 안경은 깨졌고, 우리는 페미니즘이라는 새 안경을 맞췄으니까요. "원래 이런 거야." 하는 훈계에 "왜요?"라는 질문들이 생겨날 겁니다.

이 책은 여성이 주인공인 '명작'을 여성의 눈으로 다시 읽어본 결과물입니다. 솔직히 말하자면 읽으면서 화가 더 났습니다. 18세기 여성이나 21세기 여성이나 다를 게 없어서요. 아니, 더 정확하게 말하면 '남성 중심'의 인류 문명 역사 속에서 여성이 여성으로 사는 것이 얼마나 척박하고 굴욕적이었는지를 알게 되었으니까요. 진정 굴욕은, 굴욕을 굴욕으로 느끼지도 못했다는 것이었습니다.

상황은 좋지 않습니다. 페미니즘의 'ㅍ'만 느껴져도 달려들어 물어뜯고 하던 일에서 배제시키니까요. 정말, 여전히 이렇습니다. 하지만 용감한 젊은 여성들을 보고 뒤늦게 깨달은 사람도 있다는 걸 작은 가능성으로 여깁니다.

어떻게 나이 들어야 하냐고요? 절연체가 될 겁니다. 상식과

전통의 이름으로 강요되는 거추장스러운 것들을 딱 끊어 줄 겁니다. 현실과 상황에 맞지 않는 형식적 의례는 바꿔도 된다고, 바꾸라고 권하는 노인이 될 겁니다.

그런 노인이 될 수 있는 방법은 아무래도 공부밖에 없는 것 같습니다. 다양한 시각으로 보려면 안경알을 갈고 다듬어야 하니까요. 앉은 자리가 바뀌면 세상도 다르게 보인다고 하는데, 앉은 자리에서 여러 가지 안경을 가져보려 합니다. 그러면 낡은 언어에도 새 의미가 부여되겠지요. 이것이 우리의 작은 바람입니다. '광화문 소설클럽' 멤버들은 문학에만 안주하지 않고 역사, 종교, 인류학, 과학 등 분야를 가리지 않고 공부하려고 합니다. 그렇게 나이 들어가려고 합니다.

2020년 8월 15일
우리의 토론과 수다와 분노를 담아
JR이 대표로 씀

1

"내 꿈은 그렇게 대단하지 않아요.
내 바람은 그저 평화롭게 일하고,
언제나 먹을 빵이 있고, 잠자기에
어지간한 장소가 있고, 그러니까,
침대 하나, 식탁 하나, 의자 둘, 더
이상은 필요 없어요. 더 할 수 있다면,
아이들도 훌륭한 시민으로 키워야죠.
또, 내가 만일 남자랑 다시 살게
된다면, 얻어맞지 않는 거요. 다시
생각하고, 더 원하는 게 있을지 다시
생각해도, 다른 중요한 건 없어요."

— 에밀 졸라, 《목로주점》

에밀 졸라, 《목로주점》

저자 소개

에밀 졸라(Emile Zola, 1840~1902)는 파리에서 태어났다. 유소년기를 프랑스 남부 엑상프로방스에서 보냈다. 1863년부터 신문에 콩트와 기사를 기고하며 이름을 알리기 시작했다. 루공-마카르 총서의 《목로주점》(1877), 《제르미날》, 《나나》, 《대지》 등이 대표작이다. 1908년, 유해가 국립묘지 팡테옹에 이장되었다.

줄거리

제르베즈는 랑티에와 살며 두 아이를 낳는다. 낭비벽이 심한 랑티에가 제르베즈와 아이들을 버렸지만 그녀는 세탁부가 되어 열심히 일한다. 함석공 쿠포의 끈질긴 구애를 받아 그와 결혼하고, 세탁소를 여는 꿈을 꾼다. 그러던 중 쿠포가 낙상 사고로 큰 부상을 입어 치료하느라 가진 돈을 다 쓴다. 하지만 제르베즈를 좋아하던 이웃 청년 구제가 빌려 준 돈으로 세탁소를 얻어 가게는 번창한다. 쿠포는 사고 후 게으름과 술에 빠져 제르베즈가 번 돈을 술값으로 탕진한다. 어느 날 전남편 랑티에가 돌아와 얹혀살고, 이후 제르베즈는 게으름과 알코올 중독에 빠져 파산한다. 제르베즈는 추위와 굶주림 속에서 비참하게 죽는다.

○◇●

글쓴이 생강은 가사노동과 돌봄노동을 하며 책 읽는 50대 여성이다.

억압된 말, 거절

내 집에서 배부르게 먹고 편히 자는 것. 《목로주점》의 주인
공 제르베즈는 꿈이라고 할 것도 없는 평범한 일상을 '희망사항'
으로 간직하고 있다. 그녀의 생존을 위협한 것은 남편이었다. 첫
번째 남편 랑티에는 돈 될 만한 것을 모두 챙겨 다른 여자랑 달아
나 버렸다. 남은 것은 헌 옷가지와 빚뿐. 그러나 그녀는 오래 절
망하지 않았다. 세탁부 일을 하며 생계를 유지했고 아이들도 학
교에 보냈다. 남편 없이 살던 잠깐의 평온함 속에서 이대로 사는
것도 좋겠다고 생각했다. 하지만 제르베즈의 아름다운 외모와
깔끔한 살림 솜씨를 눈여겨보던 쿠포가 적극적으로 청혼하자 그
와 결혼한다. 그녀는 혼자 사는 것보다는 남편이 있는 것이 조금
이라도 낫겠지… 라는 오래되고 잔혹한 신화를 믿었다.

쿠포도 성실했고 제르베즈도 알뜰하게 살림을 살던 시절이 있
었다. 그녀가 자기 세탁소를 내고 성실한 자영업자가 되었을 땐

나도 덩달아 기뻤다. 그러나 그렇게 빛나는 시절은 오래가지 못했다. 쿠포는 지붕에서 일하다 떨어지는 사고를 당한 후 노는 맛과 술맛을 알아버렸다. 이후로 쿠포는 평생 제르베즈에게 기생하며 주정뱅이로 살아간다.

《목로주점》은 뼈 빠지게 일하는 제르베즈가 일하지 않는 방탕한 남편과 간교한 정부情夫를 부양하느라 점차 삶의 탄력을 잃고 식탐과 나태함에 빠져 비참하게 죽어가는 이야기다. 언뜻 제르베즈의 몰락은 무절제한 그녀 자신의 문제인 것처럼 보인다. 하지만 에밀 졸라는 성실하던 제르베즈의 타락이 가난한 현실, 너그럽지 않은 이웃들, 파탄난 가정과 맞물려 있음을 보여준다. 좋은 삶을 유지할 수 없는 환경 속에서 개인의 노력은 빛을 잃기 쉽다.

제르베즈와 쿠포가 살던 파리의 뒷골목 가난한 사람들은 아무리 일해도 월세를 감당하기 어려웠다. 그런 상황에서 인생의 낙이라고는 맛있는 음식과 술뿐이었다. (지금 대한민국 얘기를 하는 게 '결단코' 아니다!) 쉽게 중독될 정도로 강한 독주는 저임금 노동자들의 고된 삶을 잠깐이라도 잊게 했다. 결국 주정뱅이가 된 남편들은 일하지 않고 빈둥거리다 아내와 싸웠고, 때렸고, 아이들은 견디다 못해 집을 나갔다. 제르베즈의 부모도 그랬다.

아버지는 폭력적인 주정뱅이였고 어머니는 그 폭력을 받아내며 온갖 일을 하다 죽었다. 제르베즈도 아버지의 매질을 견디다 못해 랑티에와 파리로 도망쳤지만 달라진 건 없었다. 도시의 가난한 사람들은 서로 돕기는커녕 자신의 가난에 지쳐 남 잘되는 꼴을 못 봤다. 제르베즈가 세탁소를 차렸을 때 이웃들은 부러워하는 한편 그녀를 시기하고 질투했다. 이런 사람들 속에서도 제르베즈는 행복한 가정을 이루기 위해 노력했고, 이웃들에게 친절했고, 신뢰도 얻었다. 그러나 꿈을 이룬 듯한 나른한 만족감 속에서 제르베즈는 녹아내리기 시작했다. 더러운 세탁물을 깨끗하게 빨아내던 곳이 더러움으로 가득 찼다. 한 번 허물어지자 끝도 없이 무너졌다.

제르베즈를 자포자기의 늪으로 끌어들인 것은 가족들이었다. 그녀의 곁에는 주정뱅이 현 남편과, 아버지인 듯 훈계하는 전남편이 합을 맞춰 골수를 빨아먹고 있었다. 전현직(?) 남편 둘과 동거하는 이 기묘한 상황이 이해가 가지 않지만, 전남편 랑티에가 돌아와서 그녀의 집에 기생하기까지의 과정은 구렁이 담 넘어오듯 자연스러웠다. 제르베즈는 거절할 줄 몰랐다. 자기를 버린 나쁜 놈이라고 단칼에 그를 쳐내지 못했고, 분명 자신의 가게이고, 자기가 일해서 월세를 내고 있음에도 전남편을 집으로 들이라는 남편의 요구를 잘라버리지 못했으며, 랑티에를 신사라고 칭찬하는 이웃들에게 전혀 그렇지 않다고 반박하지도 못했다. 제르베즈에게 자제력이 없다고 비난하기 전에, 골수를 빨아먹는 남편들이 없어야 했다. 제르베즈는 큰 문제를 만들지 않으려고 거절해야 할 것들을 거절하지 못했다. 그러다 문제의 심각성을 모르게 되었고, 더러운 옷을 깨끗하게 만드는 필터 같던 그녀가 빨랫감 속에서 함께 더러워졌다. 고민과 결단 같은 건 없었다. 힘들면 먹고 마시며 잊으려 했다. 가족 안에서 그녀는 피해자이자 가해자이고, 자해자였다.

제르베즈가 세탁소를 운영하며 바쁘게 일할 때 그녀를 둘러싼 공간은 눈부시도록 깨끗했다. 그러나 쿠포와 랑티에는 제르베즈의 공간을 침해했고 경제적으로 착취했으며 심리적으로도 그녀를 파괴했다. 자신들을 제대로 부양하지 못하는 건 모두 제르베즈의 책임이라고 했다. 그녀는 남편에게, 남편의 식구들에게, 전남편에게 싫다고, 안 된다고 말하지 못했다. 나는 이것이 제르베즈가 나약해서만은 아니라고 생각한다. 오랫동안 딸들은 침묵을 강요받아 왔으니까. 가족의 일원으로서 불평불만은 줄이고 견딜 수 있을 때까지 견디라. 헌신하라. 딸들에게 강요된 운명은 이런 것이었다. 제르베즈의 이웃이었던 어린 랄리마저 아버지의 매질을 견디다 끝내 죽고 만다. 견디지 말아야 할 것을 굳건히 견뎌내며 함께 스러져 간 여성이 얼마나 많을까. 지금도 제르베즈 같은 삶의 변주곡은 헤아릴 수 없이 많다. 하지만 알코올 중독인 아내와, 도박 중독인 전 처를 동시에 부양하느라 뼛골이 빠지는 남자를 주인공으로 한 소설은 없다. 이런 일은 문학적 상상으로도 불가능했었나 보다.

고등학교 2학년 여름, 엄마가 암 투병 끝에 돌아가셨다. 연이어, 대학 졸업식도 하기 전에 아버지마저 돌아가셨다. 나에게는 막 성인이 된 동생과 고등학생이던 동생만 남았다. 그때 마음속으로 세 가지 결심을 했다. '도박을 하지 않겠다. 외박을 하지 않겠다. 돈 없는 설움에 빠져 훗날 이를 마음에 담지 않겠다.' 왜 그런 마음을 먹었는지 기억나지도 않고, 지금 생각해 보면 우습기조차 하지만, 그 세 가지 결심은 20대의 나 자신을 다잡기 위해 정한 선들이었다. 그 다짐이 지금껏 지켜지고 있는 걸 보면 나의 삶은 경계와 긴장으로 꽉 조여 있었던 것 같다. 나의 이런 자제력을 칭찬하고 싶지만, 나에게는 무능한 남편과 폭력적인 아버지가 없었다. 어쩌면 내 결심을 지킬 수 있는 가장 큰 기반이었을지 모른다는 생각이 든다. 제르베즈도 그녀의 '기생충들'에게 침범당하지 않았다면, 홀로 평화를 누리며 아름다운 세탁소에서 세상의 더러움을 제거하며 살 수 있었을 것이다.

　제르베즈를 통해 혼신의 힘을 다해야 겨우 지켜지는 게 '일상'이라는 사실을 배운다. 하지만 개인에게 가해지는 무언의 압력에 대해서도 생각해 보지 않을 수 없다. 온몸에 힘을 주며 살아서 마사지를 받을 수 없을 정도로 경직된 몸을 갖게 된 나에게도 그런 압력이 가해진 것 같다. 공기처럼 물처럼 스며들어 스스로를 조이게 했고, 사회에서 밀려나지 않으려면 그렇게 해야만 한다고 나를 억누르던 압력이 있었다. 제르베즈는 도무지 나아지지 않는 게으른 가족을 부양하면서 함께 타락해 갔지만, 나는 나 스스로를 지켜냈다.

　처참하게 몰락해 개집에서 죽은 채로 발견된 제르베즈의 일생이 슬프고 괴롭다. 나와 정반대 편에 있는 것 같은데 어쩐지 비슷한 운명처럼 느껴진다. 아름다운 삶을 살 수도 있었던 이 세상의 제르베즈들의 억압된 꿈이 처연하다. "네, 누구나 죽을 때는, 자기 침대에서 죽기를 원하죠. 내 집의, 내 침대 말예요." ○◇●

2

"어쩔 수 없었어요. 제가 무엇을 할 수 있었겠어요? 소리를 지르려고 했지만 잘 안 됐어요. 게다가 발몽 자작님이 만일 누가 오면 저에게 모든 잘못을 뒤집어씌우겠다는 거예요. [⋯] 제가 가장 자책하는 건, 온 힘을 다해서 저항하지 않은 것 같아서예요. [⋯] 믿어지지 않겠지만, 자작님이 방을 나갈 때 오늘밤 다시 오겠다는 말에 바보같이 승낙까지 한 걸요. 무엇보다 그게 가장 화가 나요."

— 쇼데를로 드 라클로, 《위험한 관계》

쇼데를로 드 라클로, 《위험한 관계》

저자 소개

쇼데를로 드 라클로(Choderlos De Laclos, 1741 ~ 1803)는 프랑스 아미앵에서 태어났다. 1760년 신흥 귀족 집안의 아들로 군인이 되기로 결심하고 라페르 왕립 포병학교에 입학한다. 군 생활 중 5년간의 집필 끝에 《위험한 관계》 (1782)를 발표한다. 《위험한 관계》는 그가 남긴 유일한 소설로, 영화 <스캔들-조선남녀상열지사>와 <사랑보다 아름다운 유혹>의 원작이다.

줄거리

메르테유 후작부인, 발몽 자작 등이 주고받는 175개의 편지로 구성된 서간체 소설. 바람둥이 발몽은 후작부인의 부추김으로 귀족의 딸 세실을 능욕하는 데 성공하고, 후작부인은 세실을 사모하는 기사 당스니를 유혹한다. 또 발몽은 아름답고 정숙한 투르벨 부인의 마음을 빼앗고, 발몽 역시 그녀를 사랑하게 되지만, 후작부인과의 밀약과 승부욕으로 그녀를 죽게 한다. 세실은 절망과 슬픔을 안고 수도원에 들어가고, 발몽은 당스니와의 결투에서 죽고 만다. 후작부인은 그간의 추잡한 일들이 밝혀져 피소되고 파산하며, 병까지 얻어 외국으로 도피한다.

○◇●

글쓴이 생강은 가사노동과 돌봄노동을 하며 책 읽는 50대 여성이다.

쇼데를로 드 라클로, 《위험한 관계》

삭제된 목소리

《위험한 관계》는 한 남성의 아내로 정숙하고 신앙심 깊으며 엄격한 도덕 원칙을 따르는 투르벨 법원장 부인과 이 부인을 정복하겠다는 야심찬 계획을 가진 바람둥이 발몽 자작, 그리고 개인적 복수심에 이를 부추기는 메르테유 후작부인과 그 주변 인물들과의 편지글로 이루어진 소설이다. 세간에는 연애소설로 알려졌지만, 이 소설은 불륜의 쫄깃한 긴장보다 남성의 언어폭력만 난무하는, 완벽하게 남성의 목소리가 여성의 목소리를 제압하고 있는 소설이다.

투르벨 부인은 발몽 자작이 여태껏 상대했던 '쉬운' 여자들의 화려한 아름다움 대신 꾸밈없는 아름다움을 간직한 사람이었다. 그녀는 그에게 청춘의 즐거운 환상을 되돌려 주었다. 그는 환상이 주는 쾌락을 지연시키며, 그녀가 잘 싸워서 자기에게 최대한 천천히 넘어와 주기를 바라는 마음으로 진실한 사랑을 연기한다. 그리고 그는 자신이 이 싸움에서 승리하리라 확신한다. 왜냐하면 몇 번의 작업으로 그는 이미 부인이 자신에게 호감을 가지기 시작했다고 생각, 아니 착각했기 때문이다. 그 근거는 부인의 침묵이었다.

"아니에요. 그게 아니라……."

발몽은 부인의 발그스레해진 얼굴, 수줍어하며 어쩔 줄 몰라 당황하는 모습이야말로 그녀가 자신을 사랑하는 증거라고 여겼다. 그리고 그것을 자신을 사랑한다는 말로 '들었다'. 발몽은 여성의 말없음을 어린애의 순진함으로 몰아붙이며 자신만이 이 소중한 사랑을 느낄 줄 아는 존재라고 억지를 부린다.

그는 자꾸만 거절하는 그녀에게 동정심도 없다고 비난하며 자신의 고통을 왜 알아주지 않느냐고 생떼를 쓴다. 투르벨 부인은 분명하고 단호하게 자신의 뜻을 밝혔다. 자작님의 생각은 맞지 않다고, 그 고백은 자신을 모욕하는 거라고. 그러나 발몽은 자신을 사랑하지 않는다는 부인의 말을 수줍은 거짓말이라고 넘겨짚는다.

그런 태도는 발몽이 세실을 성폭행했을 때에도 똑같았다. 그는 마르테유 부인에게 자신의 행위를 자랑삼아 이야기한다. 세실이 결국 자신에게 굴복하여 승낙하였다고. 처음에는 자기를 원망하였지만 별다른 힘을 주지 않았는데도 크게 저항하지 않은 걸 보면, 그 아이도 자기를 받아들인 게 분명하다고 말이다. 그는 그 어리숙한 아가씨와 자신은 '합의하'에 아주 '즐거운 시간'을 보냈다고 확신한다!

하지만 세실은 위기의 순간에 당황한 채로 당한 것이었다. 교활하고 현란한 발몽의 말에 말문이 막히고 몸이 굳어 스스로도 이해할 수 없을 만큼 무력하게 당한 그녀가 오히려 온 힘으로 방어하지 않은 것 같다며 자책한다. 아, 이 기시감!

그에게는 투르벨 부인의 거절도 전혀 들리지 않는다. 그가 치르고 있는 정복(?) 전쟁에서 여성의 생각, 마음 따윈 중요하지 않다. "당신을 사랑하지 않는다"고 말해도 무시하면 그만이다. 온갖 달콤한 말로 치장한 자신의 '진정한 사랑'을 너는 받아주기만 하면 된다는 식의 일방적 관계. 균형이 무너진 관계는 말하는 '그'와 듣기만 해야 하는 '그녀'의 역할을 나누고 철저히 위계화함으로써 끔찍한 폭력을 정당화한다.

투르벨 부인은 자신을 잘 알고 있었다. 연애 경험도 많지 않고 민감하고 소심한 성격인 자신이 사랑의 폭풍을 겪으면 엄청난 희생을 치러야 한다는 것을. 그렇기에 자신은 그 사랑의 위력을 감당할 수 없으니, 사랑할 수 없는 자신을 존중해 달라고! 그러나 그는 자신을 사랑하라고 강요하는 것도 모자라 '피해자 코스프레'까지 하며 그녀를 윽박지른다. 급기야 정신이 나간 거냐고 그녀를 비난하기까지 한다. 그녀는 계속 저항했지만, 그는 막무가내였다. 결국 그는 그녀를 심리적으로 지배하기 시작한다. 그녀는 일종의 '그루밍' 상태에 빠진다.

《위험한 관계》를 처음 읽었을 때 나는 투르벨 부인이 발몽 자작에게 아무런 저항도, 대응도 하지 않았다고, 정말 생각이 없는 여자라고 비난했다. 싫으면 싫다고 명확히 얘기해야 할 것 아니냐고. 사실은 자기도 좋아했으면서 정숙한 척 하는 게 아닌가 하고 의심했다.

그런데 두 번째 읽었을 때 내 자신이 무참했다. 투르벨 부인은 분명히 자신의 의사를 명확히 전달했고, 그에게 저항하고 있었다. 하지만 상대는 전혀 들을 생각이 없었다. 나도 그의 입장에서 그녀의 말을 듣지 않았다. 아니 믿지 않았다. 가해자와 피해자를 바꿔 놓고, 피해자를 비난하는 발몽처럼 나도 가해자 편에 있었다. 정복하기 어려운 적을 무너뜨려 자신의 능력을 과시하기 위해 사랑을 연기하는 현란한 남성의 말에 나 또한 정복당한 것이다! 소설 속에서도!

투르벨 부인은 말해도 듣지 않는 상황에 진이 빠져 정신착란으로 죽는다. 죽기 전에 방언처럼 터지는 투르벨 부인의 맥락을 잃은 말만이 그녀에게 허용된 말이었다.

지금 우리가 보는 세상은 남성들의 말로 구성되고 편집된 세계가 아닐까? 여기서 착각하지 말아야 할 것은 생물학적 여성이라고 해서 '여성'의 말을 하는 건 아니라는 것이다. 18세기 프랑스 소설 《위험한 관계》는 여성들이 어떻게 자신의 생각을 말하지 못하고 남성이 원하는 말만 할 수밖에 없었는지 잘 보여준다.

가부장제의 언어로 말하는 법을 배우고, 세계를 습득해 왔던 여성들. 이제 가부장제의 안경을 벗고 말할 때가 왔다. 스스로 이해하고, 사유하고, 상황을 정확히 인식하기 위해, 잃어버린 목소리를, 잘려나간 혀를 되찾아야 한다. 이제 여성들이 '여성들의 삶'에 대해 말하기 시작한다. 천천히 다시 말을 배우며 목소리를 내는 법을 배운다. 그러니 듣자, 제발! 추방되고 묵살되었던 그녀들의 목소리를! ○◇●

3

"이 여자는 내 소유물이란 말이오.
내 집과 세간살이, 내 땅, 내 창고,
내 말, 내 소, 내 당나귀 같은 내 재산
중에 하나란 말이오. 당신이 뭐라고
해도 내 거라고!"

— 윌리엄 셰익스피어, 《말괄량이 길들이기》

윌리엄 셰익스피어, 《말괄량이 길들이기》

저자 소개

윌리엄 셰익스피어(William Shakespeare, 1564 ~ 1616). 더 이상의 소개가 필요 없을 정도로 유명한 그 분 셰익스피어다. 더 이상의 소개는 무례일 듯하여 이만 줄인다.

줄거리

파두아의 부자 밥티스타에게는 맏딸 캐서리나와 둘째 딸 비앙카가 있다. 귀여운 비앙카에게는 구혼자들이 줄을 섰지만 말괄량이로 유명한 캐서리나에게는 청혼자가 없었다. 밥티스타는 두 딸을 한꺼번에 시집보내기 위해 캐서리나를 보내야 비앙카를 결혼시킬 수 있다고 했다. 이때 아내도 얻고 돈도 벌어보자는 심산으로 파두아에 온 페트루치오가 캐서리나에게 청혼한다. 그는 밥티스타에게 지참금을 약속받고 캐서리나를 온순하게 만들어 아내로 삼겠다고 한다. 결혼식이 끝난 후 페트루치오는 캐서리나를 별장으로 데려가 길들인 후 파두아로 돌아와 '순종하는 아내' 내기에서 승리한다.

○◇●

글쓴이 JR은 주 5일 근무하고 주 2일 공부한다. 그 이틀 덕분에 매번 '아는 것'이 없다는 사실을 깨닫는다.

윌리엄 셰익스피어, 《말괄량이 길들이기》
사랑으로 가려진 여성혐오

"이 여자는 내 것"이라고 당당하게 말하는 이 남자는 페두아에서 드세기로 소문난 처녀 캐서리나와 결혼한 페트루치오다. 그는 미치광이 발광 같은 결혼식을 끝내자마자 이처럼 선포했다. "이 여자는 내 재산이고 나는 그 재산의 주인"이다.

셰익스피어의 《말괄량이 길들이기》는 1592년 무렵 발표되었다. 그 이후로 어언 400여 년 동안 전 세계 사람들에게 읽히고, 연구되고, 공연되며 사람들을 웃긴 유쾌한(?) '희극'으로 알려졌다. 2016년에는 셰익스피어 서거 400주년 기념 발레로 공연되었다. 그때 언론에서는 이렇게 소개했다. "발레가 이렇게 웃겨도 되나요?" 정색하고 물어보고 싶었다. "웃겨요? 캐서리나가 길들여지는 게 정말 그렇게 우스워요?"

물론, 현란한 말놀이 같은 대사들을 보면 대문호 셰익스피어의 재치 넘치는 희극 같기는 하다. 아마 당대의 셰익스피어는 드센 여자를 다잡아 유순한 아내로 교육하는 페트루치오의 전략이 여성혐오라는 사실을 눈치채지 못했을 것이다. 여성혐오라니! 시집도 못 갈 처녀가 사랑하는 남편에 의해 순종적인 아내로 새로 태어난 거라고 생각했을 것이다.

사실 이 작품은 유명세만큼 일찌감치 논란의 한가운데 있었다. 누군가의 말대로 교양 있는(?) 여성이라면 끝까지 함께 볼 수 없는 여성 수난극을 희극으로 포장하고 있기 때문이다. '사랑하니까 때려서 가르친다'는 그 흔하고 가혹한 말이 《말괄량이 길들이기》의 주제였다.

캐서리나는 결혼 후 낯선 페트루치오의 별장에 끌려가서 사냥매를 길들이듯 길들여진다. 페트루치오는 캐서리나를 안 재우고, 안 먹이고, 공포 분위기를 조성해서 그녀의 의지를 꺾고 무력하게 만든다. 두려움에 떠는 캐서리나가 이유를 묻자 "완벽한 사랑" 때문이라고 했다.

《말괄량이 길들이기》가 희극인가? 연애가 결혼으로 이어지는 즐거운 로맨틱 코미디가 아니라 인종차별보다 더 오래되었지만 더 당연하게 여겨지고, 더 가혹했던 젠더 수난극이 아닌가. 이 작품이 오랫동안 '희극'으로 대접받을 수 있었던 것은 남편의 말에 순종하는 유순한 아내만이 세상에서 받아들여졌기 때문이다.

아내란 남편에게 순종해야 한다. 이런 믿음이 '인륜'이란 이름으로 당연시된다. 그러므로 드센 캐서리나를 길들이는 건 너무 당연한 일이어서 그 과정의 폭력은 느껴지지 않았다. 폭력을 보면서도 모두 즐겁게 웃었다. 캐서리나의 공포와 비명은 아내의 순종을 얻어내기 위해 불가피한 것이라서 모두에게 들리지 않았다. 마치 야생마를 길들이기 위해 겪어야 하는 말의 고통은 인간에게 고통으로 여겨지지 않는 것처럼….

《말괄량이 길들이기》가 더 이상 재미있지 않고 공포스럽게 느껴지는 건 이제야 나의 이성과 감성이 유리 천장에 부딪쳤기 때문이다. 나는 캐서리나로 태어나 페트루치오의 이성으로 살았던 것이다. 우리의 '정상적' 판단에는 보이지도, 들리지도 않는 유리 천장이 있어서 무언가 실재함에도 전혀 감각되지 않는 것이 있다. 우리는 그동안 수많은 캐서리나의 울부짖음을 듣지 못했다. 남편이 아내를 다스리는 것은 가정의 일이라서 문제되지 않을뿐더러 가부장이 아내의 문제점을 해결하는 것이 하나도 이상하지 않았다. 페트루치오가 캐서리나에게 가한 폭력을 폭력으로 생각하지 못했다. 페트루치오는 "아내는 내 것"이라고 당당하게 말해도 되었다. 오랫동안, 아주 오랫동안, 우리 모두 페트루치오의 상식에 길들여졌던 것이다.

그런데 이제 페트루치오가 캐서리나를 사랑하는 방식에 거부감이 든다. 왜일까? 폭력적으로 길들이는 것도 문제지만 아내를 동등한 인간으로 대하지 않기 때문이다. 남편에게 순종을 바치고 사랑받는 아내는 행복한 존재인가? 주인에게 사랑받는 고양이와 뭐가 다른가? 동등했던 관계도 혼인을 해서 남편과 아내가 되면 주인과 소유물의 관계로 바뀐다. 결혼 전에는 따박따박 아버지에게 반항하던 캐서리나가 페트루치오의 별장에서 감금되어 길들여진 후에는 사랑과 순종으로 남편에게 봉사하는 것이 여성의 도리라고 말한다. 피해자가 피해 사실조차 인지하지 못하는 지경에 이르렀다. 이제 캐서리나는 모든 것을 남편에게 물어보고 처분을 기다릴 것이다.

캐서리나의 결혼은 여성이 아버지의 소유물에서 남편의 소유물로 주인이 바뀌는 것을 보여주었다. 딸을 사랑한다거나 아내를 사랑한다는 말은 자기 소유물을 아낀다는 말이다. 거기에 인간적 존중은 없었다. 도대체 아내가 소나 말과 뭐가 다른가? 너무나 무섭고 섬뜩하지만 페트루치오의 사고방식은 내가 최근까지도 믿어 의심치 않았던, 의심할 줄도 몰랐던 세계관이었다.

셰익스피어는 영국에서 마녀사냥의 광풍이 휩쓴 시대를 살았다. 셰익스피어는 마녀사냥의 계몽판을 《말괄량이 길들이기》로

썼을지도 모른다. 당시 사람들은 여성이 스스로 독립적인 삶을 산다거나, 의견을 말하는 것을 마녀 짓으로 여겼다. 현실에서는 그런 여성을 마녀로 낙인 찍어 학살하고, 《말괄량이 길들이기》에서는 길들이기로 순치해서 학대를 사랑으로 변환시켰다. 마녀사냥의 정치경제적 의미는 여기서 다 말할 수 없다. 그러나 마녀사냥으로 여성의 몸에 공포를 새기고, 순종적인 아내 이데올로기로 정신을 길들인 결과 여성은 홀로 살 수 없는 존재, '집안의 천사'가 되었다. 임신·출산과 관련한 의학 영역, 여성이 독립적인 삶을 살 수도 있었던 길드의 영역 등 여성의 영역으로 남아 있던 곳조차 모두 남성 권력에 내주어야 했다. 이후 여성은 남편 없이 여행을 하거나, 투표를 하기 위해 또다시 목숨을 걸고 처절하게 투쟁해야 했다. (영국은 1928년에 21세 이상의 여성에게 남성과 동등한 선거권을 부여했다.)

《말괄량이 길들이기》가 낯설어진 후 가장 끔찍한 것은 그동안 캐서리나의 비명이 비명으로 들리지 않았다는 사실이었다. 가정폭력은 비명이 들렸다 해도 가리기에 바빴다. 가정의 문제니까. 그러나 누군가 고통받고 있는데 그게 고통으로 느껴지지 않는다면 그것을 느끼지 못하는 자신의 세계관을 점검해 봐야 한다. 이제 동물원에 갇힌 동물을 보면 즐겁지 않은 것과 마찬가지다. 동물은 인간이 맘대로 잡아 가두고 구경해도 되는 '것'이 아니다. 그래도 된다고 생각한다면, 아주 심각한 인간중심주의 장벽에 갇혀 있는 것이다. 인간이 동물을 감금할 권리는 어디에도 없다.

이제 나에게 《말괄량이 길들이기》는 더 이상 희극이 아니다. 《말괄량이 길들이기》는 여성이 딸과 아내로 어떤 취급을 받았는 지를 보여주는 작품이자, 나 자신이 인식할 수 없었던 나의 세계 관을 드러낸 표지 작품이 되었다. 부딪친 벽에 금이 가기 시작했 다. 이제 멈출 수 없다. ○◇●

4

"내가 긴 행렬에 끼어 있는 사람 중
하나라는 걸 배우게 되기 때문이죠.
옛날 책 어딘가에 나를 닮은 누군가가
있고 내가 그 여자의 역할을 하게 될 뿐
이라는 사실을 알게 되는 것, 그게 날
슬프게 해요. 그뿐이에요. 제일 좋은 건
생각하지 않는 거예요. 우리의 본성과
과거의 행위들이 수천수만 명과 같았다
는 것 그리고 앞으로의 삶과 행위들도
아마 그런 수천수만 명과 같을 거라는
걸 말이죠."

— 토머스 하디, 《테스》

토머스 하디, 《테스》

저자 소개

토머스 하디(Thomas Hardy, 1840 ~ 1928)는 영국의 소설가이자 시인이다. 그는 '순결' 때문에 고통을 당한 여인을 주인공으로 한 《테스》(1891)를 출판하면서 '순결한 여인'이라는 부제를 달았다. 위선적인 도덕에 도전장을 낸 그는 거센 비난을 감당해야 했다. 그는 《테스》에서 인류사 내내 남성이 여성을 너무도 괴롭혀왔다고 고백했다.

줄거리

행상을 하는 아버지와 노래를 잘 부르는 어머니, 여섯 동생을 둔 가난한 집 맏딸 테스. 그녀는 부자 친척집에서 일하며 도움을 받으려 했지만 그 집 아들 알렉에게 성폭행을 당하고 집으로 돌아온다. 미혼모가 된 테스는 아이가 죽은 후 텔벗헤이즈 농장으로 간다. 그곳에서 만난 에인절과 사랑에 빠진 그녀는 그와 결혼하여 식민지로 떠나 농장을 경영해 보려 했지만, 결혼 첫날밤 알렉과의 관계를 고백해 에인절과 이별하게 되고, 알렉의 정부가 되고 만다. 뒤늦게 자신의 잘못을 깨달은 에인절이 테스를 찾아오고, 그를 본 테스는 알렉을 죽인다. 에인절과 도망치던 테스는 결국 스톤헨지에서 붙잡혀 교수형으로 삶을 마감한다.

○◇●

글쓴이 JR은 주 5일 근무하고 주 2일 공부한다. 그 이틀 덕분에 매번 '아는 것'이 없다는 사실을 깨닫는다.

네버엔딩, 테스

벌레 먹은 사과. 겉은 싱싱해 보여도 안은 벌레 먹어 먹을 게 없는 사과. 테스는 자신이 그런 별에 살고 있는 것 같다고 느낀다. 가난한 집 딸들이 으레 그러하듯, 테스는 일찍 철이 들었다. 술주정뱅이 아버지 대신 가족의 생계를 걱정했던 것은 테스였고, 그 때문에 가기 싫은 부자 친척을 찾아갔던 것도 테스였다. 집안의 두 어른은 테스를 보호하지 못했다. 아버지는 길에서 주워들은 유서 깊은 '더버빌 가문' 얘기를 듣고 자신이 그 가문의 마지막 후손이라며 허세를 떨었고, 어머니는 테스의 미모를 이용해 살림을 펴보려 했다.

맏딸 테스는 부모의 '살림 밑천'이었다. 가족 사랑과 효심이라는 환상을 걷어내고 보면 테스는 가난한 집안을 일으키러 팔려갔고, 주인에게 성폭행을 당했고, 이왕 당한 거 결혼해서 아내 자리나 꿰찰 것이지 집으로 돌아와 가문의 수치가 된 딸이었다. 어디서 많이 보던 스토리다. 너무 익숙해서 이게 19세기 영국 소설인가 싶었다.

'살림 밑천', 그렇다. 가부장제 가족에서 딸들은 재산이었다. 어릴 땐 집안 살림에 도움이 돼야 하고 시집가기 좋은 나이가 되면 교환의 대상이었다. 부잣집 딸이건 가난한 집 딸이건, 신분이 높건 낮건, 처지는 같았다. 더 좋은 값에 파는 것이 "다 널 위한 것"이었다. 정말 진심으로, 딸을 잘 팔아야 그녀의 앞날과 집안에 꽃길을 드리우는 것이었다. 그런 사회 구조였기 때문에 테스의 부모가 테스에게 거는 기대를 나무랄 수도 없다.

가난한 집 딸 테스는 집안의 가장이었지만 독립적으로 살아갈 수단이 하나도 없었다. 부지런하고 강인해서 항상 일을 했지만 자기 삶을 주체적으로 꾸릴 수는 없었다. 아버지의 딸로, 남편의 아내로 사는 것만이 테스에게 정해진 단 하나의 삶이었다. 아버지를 위해 팔려가든, 남편을 위해 목숨을 걸든, 아들을 훌륭히 키워내든, 아무튼 딸들은 가족을 위해 살아야 명예를 얻을 수 있었다. 이것이 겉으로만 싱싱해 보이는 썩은 사과별의 진리였다.

테스는 알렉에게 성폭행을 당했지만 그의 경제적 원조를 받으며 굴욕적으로 살고 싶지 않았다. 알렉은 테스에게 내가 너를 사랑하니 너도 나를 사랑하라고 강요했지만 테스는 처음부터 무례하고 폭력적인 그가 싫었고, 싫다는 의사 표현을 분명히 했다. 숲 속에 끌려가 성폭행을 당한 후에도 그의 소유물이 되고 싶지 않다는 뜻을 밝히고 집으로 돌아왔다. 그러나 알렉에게 테스의 'No'는 'No'가 아니었다. 여자의 거절은 거절이 아니었다. 알렉은 다시 만난 테스가 고분고분하지 않아서 더 매력적이고 그런 테스가 자기를 타락시켰다며 괴롭혔다.

어쩌면 알렉의 구애를 박력 있는 남자의 서투른 애정 표현으로 생각하는 사람이 있을지 모르겠다. 아마 테스에게 이런 식으로 추궁할지도 모르겠다. "왜 알렉의 말에 자발적으로 올라탔는가? 왜 그런 일을 당하고도 4개월이나 그 집에 살았는가? 네가 너무 예뻐서 알렉이 유혹당한 게 아닌가?" 남자들은 좋아한다는 표현을 그렇게 할 수밖에 없다고 변명해 주고 싶을지도 모르겠다. 그러나 왜 여성이 그런 막무가내를 받아주어야 하는가? 왜 남녀 사이엔 그런 일방적 관계가 성립되어도 된다고 생각하는가? 알렉은 테스를 자신과 동등한 인격을 가진 여성으로 생각하지 않았고, 처음부터 어리고 순수해 보이는 처녀를 향한 성적 욕망을 감추지 않았다. 테스의 의견은 상관하지 않고 자신의 욕망을 채우기 위해 그녀의 빈곤한 처지를 이용했다.

알렉에게 깊은 상처를 입은 테스는 집으로 돌아와 아비 없는 자식을 낳고, 그 자식을 땅에 묻었으며, 그후 우울증과 대인기피증에 시달렸다. 그러나 텔벗헤이즈 농장에서 일을 하며 서서히 원기를 회복하기 시작했다. 그곳에서 테스는 에인절 클레어를 만나 서로 존중하는 사랑을 배웠다. 그는 알렉과 달랐다. 예의 바르고 진실하고 지적이었다. 에인절은 신사 계급의 교양을 허례허식이라 생각해서 대학도 가지 않았고, 자연에서 노동하는 농부가 되어 문명의 우울증을 치료하겠다고 결심한 사람이었다. 그러니 자신의 아내는 꽃꽂이나 디너파티의 예절은 몰라도 되지만, 농사짓고, 젖 짜고, 치즈 만들고, 남편 없을 때 일꾼들을 능숙하게 부릴 줄 아는 여자이길 바랐다. 테스는 그 조건에 꼭 맞는 아름다운 여신이자 성실한 일꾼이었다.

테스와 에인절은 텔벗헤이즈 농장에서 그야말로 장밋빛 연애를 했다. 테스는 오랜 고민 끝에 에인절의 청혼을 받아들인다. 결혼식 전에도, 결혼식 당일에도 몇 번이고 알렉과의 관계를 고백하려 했으나 여의치 않았다. 테스는 에인절에게 말하지 못한 '죄(?)' 때문에 천당과 지옥을 오갔다. 마침내 첫날밤, 테스는 알렉과의 관계를 털어놓았다. 변한 것은 없었다. 오직 에인절만이, 그토록 진보적이던 그가 뜻밖의 고백을 듣고, 자신이 그렇게 벗어나고자 했던 인습의 노예가 되어 테스를 재단했다.

에인절은 테스의 무엇을 사랑했을까? 테스가 훌륭한 인품을 갖고 있고, 농장 경영에 안성맞춤인 동반자임을 알면서도 이 남자는 돌변했다. 테스는 변한 게 없었지만 그녀는 죄지은 여자가 되어 그저 에인절의 처분만을 바랐다. 집으로 돌아가라고 해서 남편 없이 돌아왔고, 오직 남편이 용서해 주기만을 기다리다가 다시 알렉의 손아귀에 잡히고 말았다.

알렉과는 비교도 할 수 없이 훌륭한 사람인 줄 알았던 에인절이었지만 아내에 대한 생각은 근본적으로 다르지 않았다. 남성에게 아내란 자기 일을 도와줄 믿을 만한 조력자이자 순결과 정숙함으로 안식과 위로를 줄 남편의 '소유물'이었다. 에인절이 테스의 고백을 듣고 그렇게도 화를 내며 돌변한 이유는 자신이 한번도 손대지 않은 이상적인 '내 것'이 예전에 이미 누군가 손댄 '남의 것'이었다는 사실 때문이었다. 그리고 테스가 그 사실을 숨기고 자신을 배신했다며 화를 냈다. 남편은 아내의 과거까지 소유하려 한다. 아내란 남편을 위해 준비된 선물인가? 에인절은 "자연법적으로 너의 남편은 알렉"이라는 청천벽력 같은 소리를 하며 테스를 밀어냈다.

에인절은 소유물의 환상이 깨진 걸 테스 탓을 했고, 알렉은 사랑이라고 우기면서 테스를 소유하려 했다. 에인절은 그 먼 브라질까지 가서 죽을 고비를 넘긴 후에야 자기 잘못을 깨달았지만, 테스의 말대로 늦었다. 너무 늦었다. 테스가 그렇게도 용서를 바랄 땐 그녀의 곁에 없던 에인절은 뒤늦게 돌아와 자신의 과오를 뉘우치고 있었다. 하지만 에인절에게 돌아갈 수 없던 테스는 알렉을 죽이고야 말았다.

테스는 에인절의 순종적인 아내가 되고자 했다. 부모님에겐 든든한 딸이고자 했다. 그러나 딸과 아내의 역할에 충실하려고 온 힘을 다했던 테스에게 남은 것은 파멸이었다. 역사 속에서 여성은 딸과 아내의 역할을 수없이 반복했다. 주인을 잘 만나면 존중과 사랑을 받고, 잘못 만나면 학대받다 살해당하는 삶. 주인의 인품에 따라 자신의 운명이 결정되는 여성의 삶이 과연 남성과 동등한, 독립적인 인간의 삶이라 할 수 있을까? 사실, 그렇게 생각한 적도 없다. 인간의 범주는 남자 그리고 그의 보조자인 여자로 구성되었다고 생각했지 여성을 남성과 동등한 인간이라 여기지도 않았다. 그러나 소설 속 테스 그리고 현실의 수많은 여성들은 성숙한 인간으로 한 사람, 아니 두세 사람의 몫을 다했다. 남성이라면 겪지 않을 폭력과 수치, 모욕을 당하고도 견디고, 진흙 속에서도 쿠키를 구워내고 가시덤불 속에서도 스웨터를 떠서 가족을 먹이고 입힌 것은 바로 여성들이었다.

《테스》는 올바른 판단력과 강한 의지, 그리고 성실함을 갖춘 한 여성이 가족과 사회 속에서 녹슬고 소모되는 모습을 보여준다. 가난은 학교 선생님이 되고 싶은 테스의 소박한 꿈마저 이루지 못하게 했다. 테스는 열심히 일해도 가난했고 주인(남편)에게 죄를 지었다는 양심의 가책은 그녀를 옥죄었다. 그녀에게 족쇄는, 버릴 수 없는 가난한 '가족'과 결혼으로 맺어진 '또 하나의 가족'이었다. 가족은 위로도 휴식도 되지 못했다. 테스의 삶을 구렁텅이로 몰아넣은 것은 가부장제 그 자체였다. 테스의 체념처럼 테스 이전에도 이후에도 지금도 여전히 테스의 삶은 이름만 바꾼 채 여기저기서 반복되고 있다. 가난한 집 딸 테스의 비극은 멈춰질까? 테스는 자신과 같은 삶은 생각하지 않는 편이 낫다고 체념했지만 그녀의 삶은 가부장제의 온순한 딸들이 겪어야 하는 파국을 보여주는 것 같아 잊혀지지 않고 생각할수록 아프다.

○◇●

5

"결혼은 항상 그녀의 목표였다. 그것이
좋은 교육을 받은 가난한 젊은 여성이
가질 수 있는 유일하고도 명예로운
앞날의 대비책이었기 때문이다. 결혼이
행복을 줄지는 몰라도 가장 좋은 보험임
에는 틀림없었다."

— 제인 오스틴, 《오만과 편견》

제인 오스틴, 《오만과 편견》

저자 소개

제인 오스틴(Jane Austen, 1775~1817). 영국 작가. 어려서부터 독서를 좋아했다. 습작을 하다 스무 살이 되던 해 첫 장편소설 《이성과 감성》을 출판하였고, 1796년에는 자신의 경험을 바탕으로 한 소설 《첫 인상》을 집필하였다. 이 소설을 《오만과 편견》(1813)으로 개작 출판하였다. 결혼은 하지 않고 작가로 활동하다 42세에 생을 마감했다.

줄거리

베넷 가문의 둘째 딸 엘리자베스는 파티에서 만난 다아시가 오만한 남자라는 편견을 갖게 된다. 한편 마음씨가 착한 맏딸 제인은 젊은 신사 빙리와 사랑에 빠진다. 다아시는 신분 차이와 저속한 베넷 가 사람들에 대한 혐오감에도 불구하고 엘리자베스에게 청혼하는데, 그가 오만하다는 편견을 갖고 있던 그녀는 구애를 거부한다. 그러나 여러 사건을 통해 엘리자베스는 다아시에 대한 자신의 편견을 버린다. 다아시는 빙리와 제인의 결혼을 주선해 주고, 다아시와 엘리자베스도 존중과 사랑으로 맺어진다.

○◇●

글쓴이 석정은 책 속에서 삶의 길을 보려고 한다.

제인 오스틴, 《오만과 편견》

생계형 결혼

"성인이 된 남녀는 결혼을 해야 한다." 이 말은 진리였다. 내가 젊었을 때 청춘남녀에게 결혼은 때가 되면 가야 할 목적지였다. 결혼을 안 한 자녀는 집안의 걱정거리였고 '비정상'으로 취급받았기 때문이다. 그러나 그로부터 삼십여 년이 지난 지금은 결혼은 더 이상 필수가 아닌 선택으로 여겨진다. 집집마다 비혼 자녀가 있으니 걱정이랄 것도 없고, 결혼관이 바뀌니 자연스레 '정상 가족'에 대한 생각도 바뀌었다.

《오만과 편견》은 우리가 알고 있던 '결혼'에 대해 되돌아볼 수 있게 하는 소설이다. 엘리자베스와 다아시의 로맨스는 덤이다. 1813년에 출판된 제인 오스틴의 《오만과 편견》은 신분과 재력의 차이, 오해와 편견을 넘어 서로의 사랑을 확인하고 결혼에 골인하는 청춘남녀의 결혼 성공기이다. 표면상 그렇다. 결혼에 대한 가치관이 많이 바뀌었다고 하지만 남녀의 연애가 결혼으로 맺어지는 스토리를 보며 마음의 평화를 얻는 것은 비단 나뿐만이 아니리라. 그러나 《오만과 편견》이 마냥 달달한 것은 아니다.

《오만과 편견》에 등장하는 여성들은 남편 찾기에 여념이 없다. 이왕이면 경제적 능력과 외모까지 갖춘 남자를 꿈꾼다. 그래서 부유하고 겸손한(오만하다는 편견이 있었으나 오해로 밝혀진) 다아시와 영리하지만 빈한한 가문의 엘리자베스의 결혼은 신데렐라가 왕자님을 만난 것처럼 보이기도 한다. 여자들은 직장을 구하듯 남편을 구한다. 여자들이 할 일이 결혼밖에 없었나? 그렇다! 그것밖에 없어서 필사적으로 매달렸다.

제인 오스틴은 결혼으로 이어지는 연애를 그렸지만 곳곳에서 결혼밖에 할 수 있는 게 없는 여자들의 절박한 상황을 드러내고 꼬집었다. 이 똑똑한 여성들이 결혼으로 소비되는 꼴을 보라. 제인 오스틴은 결혼하지 않으면 아버지와 남자 형제들에게 얹혀살아야 하는 시대에 결혼하지 않고 독신으로 살았다. 그녀는 결혼과 연애를 어떻게 생각했을까?

엘리자베스의 어머니 베넷 부인은 이웃 저택에 빙리라는 총각이 사두마차를 타고 왔다는 소식을 듣고 화색을 띠며 딸들을 선보이려 한다. 베넷 부인은 우리의 여느 어머니들처럼 딸들을 출가시키는 것을 일생의 과업으로 여겼다. 빙리는 저택에서 무도

회를 열었고 다행히 베넷 부인의 첫째 딸 제인을 마음에 들어 했다. 제인과 그녀의 여동생 엘리자베스 그리고 엘리자베스의 친구 샬럿은 무도회에서 돌아와 남자들에 대한 품평에 이어 결혼에 대한 생각을 나눈다. 엘리자베스와 제인은, 모름지기 남자는 좀더 두고 봐야 한다는 반면 샬럿은 남자가 마음에 들면 여자가 더적극적으로 표현해서 그 남자를 잡아야 하며, 결혼해서 행복하게 사는 건 전적으로 운에 달린 것이니 오래 사귄다고 달라질 건없으며, 세월이 지나면 어쨌거나 부딪치게 되니 인생을 함께 보낼 사람이라면 결점은 오히려 모르는 게 낫다고 한다. 물론 엘리자베스와 제인은 동의하지 않았다.

사실 샬럿은 급했다. 결혼 적령기를 훌쩍 넘긴 스물일곱에, 집안은 가난했고, 본인도 인정하듯 예쁘지도 않았다. 샬럿은 자신의 생계를 위해 할 수 있는 길을 택했다. 그것은 결혼이었다. 때문에 엘리자베스에게 청혼을 거절당한 콜린스가 그녀에게 청혼하자 즉각 수락했다. 정확하게 말하자면 샬럿은 콜린스가 자신에게 청혼하도록 유도했다. 그리고 성공했다. 엘리자베스는 샬럿의 선택이 정략결혼이라고 폄하했지만 샬럿처럼 가난한 처녀가 명예롭게 살 수 있는 방법은 결혼하는 것밖에 없었다. 엘리자베스는 샬럿을 축복할 수밖에 없었다. 샬럿은 안락할 거라 예

상되는 삶의 기반을 얻기 위해 섬세한 감정을 모두 희생시켰다. 샬럿을 속물이라고 여기는 엘리자베스의 생각이야말로 한가하고 철없는 생각일지 모른다. 샬럿에게 결혼은 자신이 적극적으로 찾아낸 좋은 일자리였다!

여성들은 왜 근사한 남편 찾기에 골몰하는가? 제인 오스틴은 여성들이 아버지나 남편에게 의지하지 않으면 거지꼴을 당하도록 만들어 놓은 제도에 문제가 있음을 보여준다. 사소하게는 결혼 여부가 자매들의 서열을 바꿔 자존심을 상하게 했고(결혼한 동생이 미혼인 언니보다 식탁의 윗자리를 차지하고 어른 대접을 받음) 아들에게만 상속하는 '한정 상속제도'는 이 시대의 여자들을 가난하게 만들었다. 베넷 부인이 딸들의 결혼에 목을 매는 이유는 아들이 없었기 때문이다. 남편인 베넷 씨가 죽으면 롱번 영지와 저택은 일면식도 없는 먼 친척인 콜린스에게 상속되어 자신과 딸들은 매우 궁핍한 삶을 살 수밖에 없었다. 때문에 베넷 씨가 죽기 전에 딸들을 부유한 집에 시집보내고자 했다. 베넷 부인은 이웃의 부유한 독신 남성 빙리에게는 큰딸 제인을 주고, 남편이 죽으면 재산을 물려받을 콜린스에게는 둘째 딸 엘리자베스를 줄 야심을 품었다. 물론 그녀의 뜻대로 되지는 않았지만 엘리자베스가 대 영지를 소유한 다아시와 결혼함으로써 더 크게 성공한 셈이다.

엘리자베스는 사실 결혼을 긍정적으로 보지 않았다. 부모인 베넷 부부에게서 서로를 향한 존경과 신뢰를 찾아보기 힘들었기 때문이다. 그럼에도 해야 하는 결혼이라면? 엘리자베스는 존중과 사랑이 있는 결혼이라는 무모한 꿈을 꿨다. 그녀는 그 꿈을 이뤘다. 심지어 어머니가 원했던 콜린스보다 훨씬 부유하고 신분이 높은 남자와 결혼했다. 이 불가능한 결합을 가능케 한 것은 무엇일까?

엘리자베스는 여자들이 마차 없이 걸어 다니는 것을 천하게 여기던 시절에 마음껏 걷고 산책하며 책을 읽던 여성이었다. 제인 오스틴은 사회적 관습에 그다지 매이지 않는 '책 읽는 여자'와 그런 여자를 사랑하는 남자를 맺어주었다. 경제적인 부부 샬럿-콜린스와 욕정에 이끌려 부부가 된 리디아-위컴과는 다른, 신뢰와 사랑으로 맺어진 부부의 이상을 엘리자베스-다아시 부부로 보여주고 있다.

이것은 제인 오스틴을 비롯한 여성들의 강한 바람, 집단 무의식이었는지도 모르겠다. 현실에서는 조건의 거래로 둔갑된 결혼이지만 친밀한 감정을 느끼는 사람과 살고 싶고 그런 사람에게 소유물이 아닌 인간으로 존중받고 싶다는 열망이 엘리자베스와 다아시의 결합으로 이루어진 것 같았다. 사람들은 가난해도, 부유해도 생계형 결혼을 했다. 다아시는 부유하고 신분이 높아서 이미 어린 시절에 정해 놓은 혼처가 있었다. 그럼에도 다아시는 엘리자베스에게 진심 어린 청혼을 하는데, 그녀가 놀란 이유는 그가 엘리자베스를 택하면서 입게 될 불명예와 손해에도 불구하고 엘리자베스에 대한 사랑을 떨칠 수 없다는 고백 때문이었다. 엘리자베스는 그녀를 규정하는 여러 사회적 조건을 빼고 한 인간으로서 사랑한다는 말에 '오만한' 다아시에 대한 편견이 깨지기 시작했다. 다아시의 진심을 확인한 그녀는 감히 너 따위가 내 딸의 정혼자를 빼앗으려 하느냐는 캐서린 영부인의 위협에 당당하게 맞섰다.

"그는 신사입니다. 저는 신사의 딸입니다. 그러므로 우리는 동등합니다."

《오만과 편견》의 작가 제인 오스틴은 결혼이 삶의 필수였던 시대를 보여주었다. 《오만과 편견》이 단순한 로맨스 소설이 아닌 이유는 달달한 연애 속에 감춰진 결혼의 민낯을 보여줬기 때문일 것이다.

그와 동시에 그녀는 엘리자베스와 다아시를 통해서 '조건보다 존중받는 사랑'이라는 이상을 실현시켜 놓았다. 《오만과 편견》은 제인 오스틴이 쓴 것일까? 아니면 현실에서 좌절된 수많은 목소리들이 제인 오스틴의 글로 실현된 것일까? 우리는 지금 얼마나 서로 독립된 인격체로 존중하는 결혼을 하는가? 해피 엔딩으로 끝난 엘리자베스의 남편 찾기에 안도하면서도 한편으로는 씁쓸한 맛이 계속 이어진다. ○◇●

6

"여성들은 남성들이 느끼는 것처럼 똑같이 느낀다. 그들은 자신들의 재능과 작업 활동을 위해 단련하는 일도 그들의 형제들이 하는 것만큼 필요하다. 여성들도 너무나 엄격한 규제와 심한 침체를 남자들이 고통을 받는 것만큼 받고 있다. 그러므로 푸딩 만들기, 뜨개질, 피아노 연주, 수놓기 등으로 여성의 역할을 제한해야 한다고 말하는 것은 편협하다. 여성들에게 필수적인 것이라 정한 관습보다 더 많이 하거나 더 배우려고 하는 것을 비난하거나 비웃는 것은 경솔한 짓이다."

— 샬럿 브론테, 《제인 에어》

샬럿 브론테, 《제인 에어》

저자 소개

샬럿 브론테(Charlotte Brontë, 1816~1855)는 일찍 어머니를 여의고 자매들과 기숙학교에 갔으나 열악한 환경에 폐렴으로 두 언니를 잃고 집에 돌아왔다. 《폭풍의 언덕》을 집필한 에밀리 브론테의 언니이기도 하다. 기숙학교 교사로 일하다 건강이 좋지 않아 집으로 돌아와 《제인 에어》(1847)를 집필하고 남자 이름으로 출판하였다. 동생들의 죽음으로 상심하다 결혼 9개월 만에 생을 마감했다.

줄거리

제인 에어는 냉혹한 숙모 밑에서 어린 시절을 보낸 뒤 기숙학교에 들어간다. 그곳에서 6년 동안 공부한 뒤, 2년 동안 교사로 일한 18세의 제인은 로체스터 가문에 가정교사로 들어가게 된다. 그곳에서 주인 로체스터와 사랑에 빠져 신분 차이를 극복하고 그와 결혼하기로 약속한다. 그런데 결혼식 당일 로체스터에게 미친 아내가 있고, 저택 안에 그녀를 숨기고 있었다는 사실이 밝혀지자 그녀는 마음에 큰 상처를 입고 그곳을 떠난다. 길거리에서 쓰러지기 직전에 리버스 일가에게 구조된 제인은 종교적인 정열에 불타는 목사 세인트 존으로부터 청혼을 받지만, 다시 로체스터에게 돌아가 그와 결혼한다.

○◇●

글쓴이 석정은 책 속에서 삶의 길을 보려고 한다.

아직 오지 않은 여성, 제인

　나는《제인 에어》를 신분의 차이를 극복한 두 남녀의 로맨스가 아니라 당대에 보기 드문 당찬 여성의 성장기로 읽었다. 샬럿 브론테는 연애담을 쓴 게 아니다. 조실부모한 고아가 어떻게 한 인간으로, 여성으로 독립적인 삶을 살아내는지를 보여주었다. 집안에만 갇혀 지내는 나약한 여성을 일으켜 세워 집 밖으로 내보내고, 경제적으로 의지하지 않는 모습을 보여주고, 남성의 보호를 받는 게 아니라 남성의 보호자를 자처하는 모습을 보여줌으로써 무거운 관습의 무게를 넘어서려고 했다. 그러니 샬럿 브론테의 제인은 로맨스 소설의 아름답기만 한 여주인공이 아니라 스스로의 삶을 개척하는 전사戰士다.

　제인은 어려서 부모를 잃고 외숙모의 보호(학대) 아래 지냈다. 외숙모는 제인을 싫어했다. 솔직하게 할 말 하는 제인을 심하게 구박했다. 외숙모는 제인이 친가의 유산을 받을 수 있는 기회를 박탈할 정도로 미워했다. 제인은 결국 자선 학교 기숙사에 보내졌다. 브로클 허스트 목사의 위선적인 경영으로 운영되는 자선 학교였지만 제인은 이곳에서 잊을 수 없는 친구 헬렌 번스와 템플 선생님을 만나 우정을 배우고 기본적인 학업을 마치게 된다. 이것이 발칙하고 버릇없던 어린 제인이 독립할 수 있는 기반이 되었다.

제인은 로우드 학교에서 8년 동안 지내며 학생에서 교사로 성장한다. 선생님이자 엄마 같은 존재였던 템플 선생님이 결혼해서 학교를 떠나자 제인도 새로운 삶을 시작하기로 결심하고 일을 찾는다. 지금은 평범해 보이는 선택이지만 당시 영국 여성들에겐 쉽지 않은 일이었다. 여성은 '직업'을 가질 수 없었기 때문이다. '숙녀'들은 아버지에게서 남편에게로 소유가 이전되는 것이 명예로운 '이직'이었고 하층 여성들은 남의 집 하녀나 매춘부, 세탁부로 일하는 게 전부였다. 제인처럼 배운 여성이 하녀보다 나은 일을 할 수 있는 것은 부잣집 가정교사밖에 없었다. 가정교사는 수도원에 들어가지 않은 미혼 여성이 택할 수 있는 유일한 직업이었다. 그러나 집 안에 있지만 없는 취급을 당하는 존재감 없는 존재였다. 제인은 스스로 그런 가정교사가 되겠다고 공고를 낸다. 그렇게 시작된 손필드 저택에서의 삶이 제인의 또 다른 시작이었다. 그곳에서 제인은 로체스터를 만났다.

로체스터는 제인의 '주인님'이었다. 그러나 그녀는 주인님의 명령에 무조건 복종하지는 않았다. 로체스터에게 제인은, 감히 주인이 호의로 주는 선물을 '받을 이유가 없다'며 거절하는, 약간은 놀라운(?) 고용인이었다.

이후 로체스터는 이 특이한 고용인과 이야기를 나누며 여러모로 말이 통하는 여성이라 생각한다. 로체스터가 '말이 통한다'고 느낀 것은 무엇 때문이었을까? 그녀가 상대의 나이와 재산과 지위에 상관없이 뚜렷한 자기 의견을 말했기 때문이다. 그녀는 그가 사교계에서 만난 교양'만' 있는 여자들과는 달랐다. 제인과 로체스터는 사교를 위한 하나마나 한 말잔치가 아니라, 진지한 대화로 서로의 세계에 한 발씩 다가가는 기쁨을 누리고 있었다. 제인은 로체스터에게 자신은 그 누구도 가둘 수 없는 자유로운 새이며 독립적인 인간임을 강력하게 피력했다. 로체스터가 '요정, 천사'라고 사랑스럽게 불러주자 행복해하면서도 자신은 천사가 아니며 그냥 '자기 자신'이 될 거라고 분명하게 말한다. 서로 사랑하는 사이라 해도 자신은 로체스터의 것은 아니라는 선언이었다.

연애 상대에게 '그대의 요정'이 되기보다 '자기 자신'이 되겠다는 여성은 지금도 드물다. '자기 자신'에 대해 생각해 보지도 못하고 생을 마감하는 사람도 많다. 제인은 신분을 뛰어 넘는 사랑 이전에 이미 스스로를 존중하는 독립적인 인간이었다. 그래서 결혼을 위한 조건 만남(?)이 아니라 연애를 했고, 연애를 하면서도 상대를 위해 희생하지는 않았다. 제인은 다락방에 감금된 로체스터의 실성한 아내가 발견되지만 않았다면 결혼에까지 이르렀을 것이다.

제인은 떠났다. 자신을 하찮은 가정교사가 아니라 친구이자 동반자로 인정해 주는 로체스터를! 결혼식 당일, 그에게 정식 아내가 살아있음을 알게 되자 미련 없이 그를 떠났다. 아니, 사실은 "붉게 달구어진 무쇠 손으로 나의 생명줄을 꽉 움켜쥐고 있는 것" 같은 고통 속에서, 로체스터의 눈물 어린 애원에도 불구하고, 아내가 되지 않겠다고 말했다. 정상 생활이 불가능한 그의 다락방 아내를 없는 사람으로 치고 이대로 결혼해서 행복한 가정을 꾸리고 싶은 욕망이 그녀를 유혹했지만, 제인은 자기 자신이 되겠다는 스스로의 맹세를 잊지 않았다. 자신과의 약속은 유혹과 욕심 앞에서 작동해야 하는 것이라며 이렇게 말했다.

"나는 나를 돌볼 거야. 더 외로울수록, 친구가 없어 더 고독

할수록, 더 지지받지 못할수록, 나는 나 자신을 더 소중하게 여기고 존중할 거야."

로체스터는 제인에게 자신의 정부가 되어 살자고 했다. 만일 제인이 유혹에 졌다면 사랑하는 마음 하나로 로체스터의 정부가 될 수도 있었다. 하지만 제인은 로체스터의 사랑에 주저앉지 않고 소중한 자신을 지키기 위해 손필드 저택을 떠나 황야로 달려 나갔다.

손필드를 떠난 제인은 거지꼴을 하고 구걸을 하며 떠돌다가 세인트 존 목사에게 구조되어 그의 집에서 살게 된다. 제인 인생의 또 다른 국면이 시작된 것이다. 세인트 존은 젊고 신앙심이 깊은 목사였으며 그녀의 여동생들도 지적이고 아름다웠다. 그들은 친절한 마음으로 제인을 보살펴 주었다. 그곳에서 제인은 다시 심리적 안정을 찾았고, 세인트 존의 배려로 학교를 열어 다시 아이들을 가르치며 생활하게 된다. 세인트 존은 제인에게 다시 인생의 길을 열어준 은인이었다. 그런 세인트 존이 제인에게 청혼을 하는데 청혼한 이유가 제인을 기막히게 했다. 그는 선교사로 가려는 자신의 '사업'을 보조할 보필자를 얻기 위해 결혼하려는 것이었다.

세인트 존은 제인의 예쁘지 않은 얼굴, 그녀의 강인함과 성실함이 선교사의 아내가 되기 위한 자질이라고 했다. 그러니 자기와 결혼해서 하느님께 봉사하는 삶을 살자며 청혼했다. 신앙심 깊은 제인이 수락할 만한 제안이었다. 게다가 그는 생명의 은인 아닌가?

그러나 제인은 정신을 차렸다. 세인트 존의 아내로 살면 삶의 절반을 포기하게 됨을, 그건 자기 자신으로 사는 삶이 아님을 재빨리 알아챘다. 제인이 청혼을 거절하자 그는 제인을 매우 차갑게 대하면서도 집요하게 설득했다. 차라리 맞는 게 낫겠다는 생각이 들 정도로 제인을 심리적으로 학대했다. 그럼에도 제인은 보좌신부를 원하면 얼마든지 가줄 수 있지만 아내로서는 가지 않겠다고 버텼다. 그가 유독 '아내'를 고집한 것은 영원히 자기 곁을 떠나지 않으며 복종할 사람을 원한다는 것을 알았기 때문이다.

사람은 고통스러운 일이 생기거나 판단하기 힘들고 혼란한 순간이 오면 풍요롭고 편한 것을 추구하기 쉽다. 하지만 제인은 힘들수록 냉정한 판단을 하며 자신을 포기하지 않았다. 극한 상황에서 오히려 자신을 지켜내려고 애썼다.

하느님의 사업을 함께 일구자는 성스러운 목표에 신앙심 깊은 제인이 허락하지 않은 게 이상할 정도였다. 그러나 제인의 하느님은 제인을 지키기 위해 존재했지 남을 위해 희생하라고 강요하지 않았다. 이것이 세인트 존과 제인이 하느님을 대하는 결정적 차이였다.

샬럿 브론테는 자신이 바라는 여성상을 제인이란 인물을 통해 마음껏 펼쳤다. 여성에게 가해지는 구속들을 분별없는 짓이라고 적었다. 남자 이름을 걸지 않으면 출판도 할 수 없는 현실에서 샬럿은 예쁘지 않고 순종적이지 않은 제인을 탄생시켜 '여성다움'을 전복했다.

제인은 로체스터에게 돌아가 "나는 그와 결혼을 했다."라고 말한다. 이 말은 제인이 선택받은 것이 아니라 자신의 판단으로 로체스터를 남편으로 받아들였다는 말이라 생각한다. 제인은 로체스터를 위해 희생하지도 봉사하지도 않았다. 그녀가, 불구가 되어 아무도 돌보지 않는 로체스터를 남편으로 맞이한 것은 여전히 그를 사랑하고 있음을 깨달았기 때문이다.

제인의 독립적인 삶의 모습은 샬럿 브론테가 바라는 여성의 모습이자 우리와 우리의 딸들이 성취하고픈 모습이다. 하지만 제인은 아직 완전하게 우리에게 오지 않았다. 우리는 더 많이 스스로를 돌보고 강해져야 한다. 여성다움, 어머니다움, 아내다움, 딸다움, 며느리다움이 아니라 자기 자신으로 살면서도 가족과 사회의 구성원으로 사는 방법을 찾아야 한다. 그 길, 한 번도 가지 않은 그 길 앞에 《제인 에어》가 놓여 있다. ○◇●

7

" (…) 고달프고 사려 깊고 헌신적인
날들이 이어지자 주홍 글자는 세상의
경멸과 비난을 불러일으키는 낙인이
아니라, 슬픔을 자아내고 두려움과
경외심으로 바라보는 상징이 되었다."

— 너대니얼 호손, 《주홍 글자》

너대니얼 호손, 《주홍 글자》

저자 소개

너대니얼 호손(Nathaniel Hawthorne, 1804~1864), 미국 매사추세츠 주의 작은 도시 세일럼은 호손의 고향이자 마녀 재판으로 유명한 도시이다. 그의 고조부가 마녀 재판의 재판관이었던 탓에 호손은 평생 죄의식에 시달렸다. 몇 년의 짧은 월급쟁이 생활 이외에는 줄곧 글을 쓰며 살았다. 《주홍 글자》(1850)는 세일럼 세관에서 해임된 후 쓴 첫 장편소설이다.

줄거리

17세기 보스턴의 어느 청교도 식민지 마을. 젊고 아름다운 유부녀 헤스터는 간음죄로 가슴에 간음의 머릿 글자 A를 달고 살라는 형벌을 받는다. 행방불명이던 그녀의 늙은 남편 칠링워스는 이제 막 돌아와 아내의 외도 사실을 알고 복수를 다짐한다. 7년 후 아내의 연인이 딤스데일 목사임을 알게 된 남편은 그의 삶을 잠식해 들어간다. 헤스터는 목사를 구하기 위해 도망을 계획하지만, 죄책감을 이기지 못한 그는 대중에게 자신의 죄를 고백하고 죽는다. 목사가 죽고 얼마 후 남편도 죽자 헤스터는 딸을 데리고 마을을 떠난다. 세월이 흘러, 그녀는 자신의 바닷가 오두막으로 다시 돌아온다.

○◇●

글쓴이 노랑은 배우는 것을 좋아하는 중년이다. 배우는 것을 좋아하는 노년이 되기 위해 오늘도 배운다.

너대니얼 호손, 《주홍 글자》

상징을 전복하라

"모든 인간은 죽는다." 이 명제를 부정할 수는 없다. 너무 자명해서 거부할 근거가 없기 때문이다. 그렇다면 "모든 인간은 죄를 짓는다."라는 명제는 어떨까? 순순히 고개를 끄덕이며 받아들일 수 있을까? 이 명제에 거부감이 드는 이유는 '나'는 지은 죄가 없고 앞으로도 그럴 일이 없다고 생각하기 때문이다. 그런데 근거 없는 자만심을 내려놓고 죄를 지을 가능성을 생각해 본다면 곧바로 맞닥뜨려야 하는 질문이 있다. '죄'란 무엇인가? 무엇을 우리는 '죄'라고 부르는가?

《주홍 글자》는 17세기 미국 보스턴 청교도 사회에서 간음죄를 저지른, 젊고 아름다운 유부녀 헤스터와 신의 사도라 추앙받는 딤스데일 목사의 이야기이다. 이 가십 수준의 한 줄 요약에 흥미를 느껴 책을 펼쳤다가는 낭패를 볼 터인데, 작가 너대니얼 호손은 그들의 만남, 사랑, 비밀 연애의 발각, 재판 등의 과정을 모두 생략한 채 헤스터가 벌을 받는 순간부터 이야기를 시작하기 때문이다. 그는 그들이 어떤 죄를 어떻게 저질렀는지는 중요하지 않다는 듯, 죄를 지은 후 그들이 공동체에서 어떻게 살아가는지를 보여준다.

지금이야 남녀의 연애 문제에 폭력이 수반되지 않는 한, 국가가 개입하지 않지만, 당시 식민지의 엄격한 청교도 사회에서 결혼한 여자가 외간 남자와 통정을 했다는 건 교수형 감이었다. '부부는 일심동체'라는 영국 불문법을 따랐기 때문이다. 언뜻 아름다워 보이는 이 말은 아내와, 아내의 모든 재산이 남편의 소유물이라는 잔혹한 뜻이었다. 그러니 남편의 법적 보호 아래 있는 아내가 다른 남자와 사랑에 빠졌다는 건 남편의 권리를 침해하고 아내의 의무를 저버린 행위로 처벌과 지탄을 받아 마땅했다.

식민지 사회에서 아내는, 새 나라의 일꾼인 남편을 내조하여 가정을 단단히 꾸리는 '살림꾼'이며, 사회의 초석이 될 아이를 생산하고 키우는 '어머니'라는 중차대한 역할을 부여받았다. 낯선 땅에서 낯선 사람들과 새로운 사회를 건설하고자 했던 청교도인들은 종교와 법의 이름으로 사회의 기반이 될 가정을 파괴하는 어떤 행동도 용납하지 않았다. 때문에 중요한 노동력이자 생산자인 아내는, 남편뿐만 아니라 온 사회가 가정 안에 가두고 관리

하는 대상이었다. 그것이, 사랑 없는 결혼이라 하더라도, 남편이 2년째 행방불명 상태라 하더라도 헤스터가 다른 남자와 관계를 맺고 아이를 낳은 것이 죄가 되는 이유다.

그러니 '죄'란, 어느 특정 시기의 공동체가 존립을 위해 구성원에게 요구한 지침을 벗어나는 행위를 말하며, '벌'이란 공동체에 균열을 내는 존재에 대한 응징이자 앞으로 도래할 범죄자에 대한 경고가 아닐까?

헤스터는 간음죄로 평생 동안 간음의 머리글자 A(adultery)를 가슴에 달고 다니라는 판결을 받았다. 가슴에 A를 단 순간 '헤스터'라는 개성은 사라졌다. 풍성한 머리카락, 매력적인 몸매가 모자와 수수한 회색 옷 안으로 숨은 것과 마찬가지로 밝고 단아하며 생명력이 가득했던 그녀의 성격은 A자 뒤로 사라졌다. 누구나 자신만의 생각과 재능, 삶의 방식으로 타인과 관계를 맺으며 공동체 안에서 하나의 자리를 갖는다. 개성이 사라졌다는 말은 그 자리를 빼앗겼다는 말이다. 대중이 그녀에게 용납한 것은 바느질 솜씨라는 기능 하나와 본보기로서의 삶뿐이었다.

헤스터가 죄와 치욕의 상징이 되면서 그녀와 주민들 사이에는 거리가 생겼다. 반감에서 오는 심리적 거리는 그들 사이에 가시적인 거리를 만들었고 그녀 곁에 와 말을 거는 사람은 마을에서 마녀로 소문난 히빈스 부인 말고는 아무도 없었다. 그녀가 바느질로 번 돈을 가난한 이웃에게 쓰고 도움이 필요한 곳을 찾아 바지런히 마을을 돌아다녀도 그녀와 주민들 사이에 존재하는 간극은 메울 수 없었다.

마을 사람들은 자기를 주장하지 않고 열심히 일하는 그녀에게 점차 호감을 갖게 되었으나 그것은 언제든 불시에 찾아오는 반감에 자리를 내주는 변덕스러운 것이었다. 그녀는 친했다 잠깐 소원해진 이웃이 아니라 영영 친해질 수 없는 낯선 타자, 죄인이었기 때문이다. 상징은 마을 안에서 그녀를 고립시켰다. 대중 속의 섬. 그것이 새롭게 주어진 그녀의 자리였다.

벌을 받은 헤스터만 개성이 사라진 것이 아니다. 그녀의 침묵으로 죄가 드러나지 않았던 딤스데일 목사 또한 개성을 잃어버렸다. 죄를 지은 후 아이러니하게도 더욱 깊어진 그의 공감 능력과 감명 깊은 설교에 주민들의 존경과 사랑이 깊어질수록 목사는 죄책감에 시달렸다. 세상이 허용하지 않는 사랑을 나누고 아이를 낳을 만큼 사랑의 격정에 빠졌던 그의 정체를 모르는 사람들은 그에게서 종교적 열정만을 보았고 그를 성자라 칭송했다. 그 또한 어느새 순결하고 고결한 종교인의 상징이 되어 있었다. 치욕의 멍에를 메야 하는 헤스터도 명예라는 공허한 허식을 달고 다

녀야 하는 딤스데일 목사도 타인이 부여한 상징에 숨이 막혔다. 두 명의 개성은 공동체가 덧씌운 외피에 서서히 죽어갔다.

그들 두 사람은 인간이 공동체 안에서 산다는 건 이중의 압력을 견디는 일이라는 것을 보여준다. 사회가 제시한 모범적인 존재가 되라는 압박, 만약 그것에서 벗어날 경우 죄인이 되어 너의 자리에서 쫓겨날 거라는 협박. 애초에 공동체는 개성을 용납하지 않는 곳인지도 모른다. 적당히 개성을 죽이고 상징을 뒤집어 써야 살 수 있는 곳인지도 모른다.

인간은 약하다. 개성을 지키고 상징에 놀아나지 않을 만큼 강하지 않다. 하여 언제든 상징에 먹혀 자신을 잃어버릴 수 있기에 슬픈 존재다. 개성과 상징의 간극을 감당하지 못했던 딤스데일 목사는 겨우 죽음에 이르러—죽음에 이를 만큼 고통을 당한 후에—대중에게 자신의 죄를 고백했다. 나는 이런 사람이라는 선언! 내 개성은 이렇다는 선언은 이렇게나 힘든 일이다. 그것이 가능하다 해도 그 뒤엔 또 다른 고통이 기다리고 있다. 혐오와 배제의 시선을 견디는 일. 헤스터는 자신을 낮추고 마을 안에서 쓸모를 찾아 일하며 사람들로 하여금 간음의 A를 able(능력), 혹은 angel(천사)로 인식하게 만들었지만 타인의 시선에 끊임없이 고통받았다.

호손은 《주홍 글자》의 첫 챕터에서 감옥 정문 한쪽에 핀 들장미 한 송이를 독자에게 바치며 이 한 송이의 꽃이 "인간의 연약함과 슬픔에 대한 이야기의 어두운 결말을 어루만져 주기를" 바란다고 썼다. 이상향을 꿈꾸며 새로운 식민지를 건설하면서도 공동묘지와 감옥을 지을 수밖에 없었던 인간은, 언젠가는 반드시 죽고, 공동체 안에 살면서 어떤 이유로든 그것에 균열을 내는 죄를 지을 수밖에 없는 존재다. 인간이 만든 법과 관습 안에서 불행한 인간은 늘 존재하므로. 모든 구성원의 안녕과 행복을 수용할 수 있는 공동체가 과연 존재할 수 있을까? '최대 다수의 최대 행복'이라는 그럴싸한 문구는 최대 다수에 들지 않는 아주 적은 소수라도 늘 존재하며 그들은 행복할 수 없다는 진실을 드러낼 뿐이다.

세상이 수용하지 않는, 수용할 수 없는 관계를 맺었던 헤스터와 딤스데일 목사는 그들의 세상에서 불행했다. 그들은 서로 사랑한 죄밖에 없다. 헤스터는 7년의 속죄 기간 동안 마을과 고립되어, 혹은 스스로 고립을 자처하여 자유로운 사상을 흡수하고 홀로 사색하면서 알게 되었다. 세상의 법과 그녀의 법이 다르다는 것을. 그리고 물었다. 세상에서 가장 행복한 여자라 해도, 여성으로서의 삶은 받아들일 가치가 있는가, 라고. 그녀는 아니라는 결론을 내렸다.

언제라도 상징이라는 폭력을 휘두를 수 있는 곳에서 인간은 어떻게 살아야 할까? 헤스터는 끝내 폭력의 희생자로 남았을까? 그녀는 목사가 죽고 난 후 어린 딸과 함께 뉴잉글랜드를 떠났다. 오랜 시간이 흘러 주홍 글자 이야기가 전설이 될 때쯤 그녀는 그곳으로 다시 돌아왔다. 그리고 속죄를 위해 다시 주홍 글자를 가슴에 달았다. 이제 그녀는 세상의 법이 아니라 자신의 양심에 속죄하려 한다. 그녀가 행한 그 많은 선행조차 사랑하는 사람이 있는 마을에서 살기 위한 위선이었는지도 모른다. 그녀에게는 도움이 필요한 저들이 아니라, 자신이 마을에 필요한 사람이라는 존재 증명이 더 중요했으므로. 게다가 딤스데일 목사조차 복수에 불타는 전 남편의 손아귀에 쥐어주고 그의 고통쯤은 자신의 것보다 견디기 쉬운 것이라며 나 몰라라 했다. 관계 맺기가 타인의 기쁨과 슬픔에 마음의 문을 여는 것에서부터 시작되는 것이라면 관계를 단절한 건 오히려 그녀 자신이었는지도 모른다. 새로운 자리는 새로운 관계에서 나온다. 관계를 포기함으로써 세상에 자신의 자리를 스스로 마련하지 못한 것이 그녀가 속죄해야 될 진짜 죄는 아닐까?

다시 돌아온 헤스터는 슬픔과 괴로움을 가지고 자신을 찾는 여자들에게 위안과 조언을 주기 시작한다. 그녀는 긴 시간 고통 속에서 알게 되었다. 그녀가, 그리고 불행한 여자들이 행복할 세상은, 천지가 개벽하고 모든 것을 당연하게 누리는 남자가 바뀌어야 하겠지만 여자 스스로도 변해야 가능함을. 하여 그녀는 또 다른 '헤스터들'에게 남녀가 함께 행복할 수 있는 새로운 세상을 꿈꾸자고 말한다. 그것은, 세상의 질서에 속하지 않는 개성, 바로 그 야성 때문에 벌을 받았던 헤스터가 이제는 야성으로 살겠다는 선언이었다. 그녀는 그녀의 개성으로 상징을 전복하려고 한다. 그녀가 원하는 세상을, 그녀를 받아들이지 않는 이 세상에서, 그녀의 삶으로 구현하려고 한다. 세상이 정의한 상징이 아니라 새로운 정의를 상징에 부여하기 위해. 세상에 질서를 다시 부여하려는 여자, 세상은 그런 여자들을 '마녀'라고 불렀다.

과거 호손의 조상이 마녀 재판으로 죄 없는 여자들을 죽음으로 내몬 그곳에서 작가는 세상에 균열을 낼 마녀를 탄생시켰다. 그는 "자신의 재능과 감수성을 최대한 발휘하며 사는 것"이 행복의 참된 정의라고 주장하던 사람 아니던가? 그런 의미에서 외부로부터 주어진 삶, 용인된 삶이 아니라 자신이 구현하는 삶을 살겠다는 헤스터의 선언은 마녀 선언임과 동시에 행복 선언이기도 하다. 비록 그것이 세상의 논리를 뒤흔드는 것이라 해도. 삶은

'스스로' 무엇이 되겠다는 선언이어야 한다. ○◇●

8

"내 열정이 나를 인도할 수는 있어도 내
눈을 멀게 할 수는 없어요."

— 라파예트 부인, 《클레브 공작부인》

라파예트 부인, 《클레브 공작부인》

저자 소개

라파예트 부인(Madame de Lafayette, 1634~1693). 결혼 전에는 안 도트리슈 왕비의 시녀로 스승 질 메나주를 만나 문학수업을 받았고, 라파예트 백작과 결혼한 후에는 파리의 살롱을 드나들며 얀센주의자들과 어울렸다. 당대 문학평론가 부알로는 그녀를, 파리 사교계에서 가장 총명하고 글 잘 쓰는 여성이라고 칭찬했다. 익명으로 《클레브 공작부인》(1678)을 발표했다.

줄거리

열여섯의 아름다운 샤르트르 양은 궁정 사교계에 데뷔하자마자 클레브 공작의 열렬한 구애를 받고 결혼하지만 그를 사랑한 것은 아니었다. 그녀가 사랑에 눈을 뜬 건 잘생긴 매력남 느무르 공이었다. 그 역시 그녀에게 첫눈에 반하고 그녀의 마음을 얻기 위해 주위를 맴돈다. 아내로서의 의무와 사랑 사이에서 갈등하던 클레브 공작부인은 남편에게 다른 사람을 사랑한다고 고백하고 공작은 질투심에 화병으로 죽는다. 장애물이 사라지자 마음을 전하기 위해 달려온 느무르 공에게 그녀는 처음으로 자신의 사랑을 솔직하게 고백한다. 그리고 결별 선언! 그 후로 그녀는 조용히 은자의 삶을 산다.

○◇●

글쓴이 노랑은 배우는 것을 좋아하는 중년이다. 배우는 것을 좋아하는 노년이 되기 위해 오늘도 배운다.

라파예트 부인,《클레브 공작부인》
결혼 판타지를 거부한 여자

가부장적인 일부일처제가 등장한 이래 결혼은 가장이 가진 부를 증대시키는 수단임과 동시에 그것을 물려줄 자식을 생산하는 역할을 했다. 16세기 이후가 되어서야 사랑이 결혼의 중요한 조건으로 등장하는데 그 후로 인류는 끊이지 않는 이야깃거리를 갖게 되었다. 서로 사랑하나 결혼하지 못하고, 사랑하지 않는데 결혼하게 됨으로써.

《클레브 공작부인》은 사랑하지만 결혼하지 않은 이상한(?) 여자의 이야기이다. 클레브 공작부인은 자신을 열렬히 사랑하는 남자에게 그녀의 사랑을 고백함과 동시에 결별을 선언했다. 귀족이고 각자 혼자의 몸인 그들에게는 아무런 장애가 없었다. 그런데 왜? 그녀는 왜, 사랑하는 사람과의 결혼을 선택하지 않았는가?

소설의 배경이 되는 16세기의 프랑스 왕족과 귀족들은 결혼

따로, 연애 따로의 삶을 살았다. 결혼은 가문의 세를 불리고 기반을 공고히 하는 계약이고 남편과 아내는 의무로 묶인 관계일 뿐이었다. 사랑하는 사람과 맺어지면 다행이나, 아니어도 상관 없었다. 사랑은 결혼 제도 밖에서 얼마든지 가능했으므로. 누구의 마음을 얻느냐로 세가 갈리고 자리의 임자가 바뀌는 살벌한 궁정의 사교계에서 연애는 생존 기술이기도 했다.

이런 무시무시한 사교계에서 딸을 지키려 했던 어머니는 철저한 계산을 마친 후 샤르트르 양(클레브 공작부인)을 열여섯에 궁정 사교계에 등장시킨다. 그녀를 본 사람이라면 누구나 칭송하는 아름다움과 교양, 매력에도 불구하고 그녀가 괜찮은 가문의 남자와 결혼하기 어려웠던 이유는 궁정의 세력 다툼 때문이었다. 그녀의 가문과 반대 세력이었던 클레브 공작과의 결혼은 공작의 열렬한 바람도 있었지만 결혼을 반대하던 그의 아버지가 죽었기 때문에 가능했다. 경쟁자들을 물리치고 그녀와 결혼한 클레브 공작은 그 자신의 매력이 뛰어나서가 아니라 운이 좋았을 뿐이었다.

의무와 예의로만 남편을 대하는 클레브 공작부인의 마음을 흔든 건 "궁에서 가장 잘생기고 멋진 남자"이자 만인의 연인인 느무르 공이었다. 그녀는 그를 통해 남편이 자신에게 요구했던 감정이 무엇인가를 알게 된다. 남자의 매력, 그 때문에 처음 느끼는 마음의 동요와 흥분, 황홀, 그리고 고통. 그녀의 사랑이 시작되었다. 그건 고민의 시작이기도 했다.

가문 간의 계약인 결혼은 그녀에게 고민의 대상이 아니었다. 배우자에 대한 애정 여부보다는 그가 속한 가문이 자신의 가문에 얼마나 이익이 될 것인가가 더 중요했으므로. 선택은 가문이 했다. 하지만 사랑은 오로지 그녀의 몫이었다. 왕족과 귀족들은 자신의 욕망에 따라 사랑을 선택했다. 그들은 권력을 위해서건 열정을 위해서건 기꺼이 사랑에 뛰어들었다.

느무르 공으로 인해 이제 막 사랑에 눈을 뜬 그녀는 그로 인해 사랑의 두근거림, 기쁨, 황홀한 감정을 알게 되었다. 질투와 시기심 속에 불안함도 느꼈다. 사랑이 사람을 죽게도 하는 파괴력─부인과 느무르 공 사이를 질투한 남편이 화병으로 죽음─을 가졌음을 알게 되었다. 그녀가 겪은 사랑은 찬란하고 황홀하고 아름다운 만큼 아프고 두렵고 끔찍한 것이었다.

그녀가 그에게 다른 애인이 있을 수도 있다는 생각을 처음 하게 된 날, 질투에 사로잡혀 잠을 이루지 못한 그 날, 그녀는 사랑의 맹목에서 눈을 뜬다. 그 후 그녀는 이런 생각에 사로잡힌다. '여자를 가볍게 사귀는 느무르 공 같은 남자가 진지하고 오래가는 사랑을 하는 것이 가능할까? 왜 나는 한 번도 이런 생각을 해보지 않았던가? 느무르 공의 일시적인 사랑에는 만족할 수 없는 나. 언젠가는 맞이하게 될 그와의 끝. 그런데도 사랑에 뛰어들고 싶은가? 아니!' 답은 그때 이미 나왔는지도 모른다.

사랑의 파고를 넘나들며 환희와 고통을 맛보고 남편의 죽음을 겪으면서 클레브 공작부인은 그럼에도 그에게 끌리는 자신을 솔직하게 인정하고 고백한다. 그러나 자신을 잃어버리지는 않았다. "당신은 이미 많은 사랑을 가졌고 앞으로도 그럴 거예요. 나는 더 이상 당신을 행복하게 해줄 여자가 아니게 되겠죠." 그녀는 그와의 결혼을 거부한다. 그가, 손쉽게 손에 넣을 수 없기에 자신에게 불타올랐음을 안다. 결혼하면 그 감정이 식고 또 다른 사냥감에 눈을 돌릴 것임을 안다. 그렇다. 그녀는 그가 연애 게임에 빠져 있음을 간파했다. 하여 그의 전리품이 되기를 거부하고 게임에서 빠져 나왔다. 잔인한 사랑 게임 대신 그녀가 선택한 것은 조용한 수도승 같은 삶이었다. 그것이, 그가 아니면 영원히 몰랐을 사랑이라는 감정을 간직할 수 있는 길이었으므로. 사랑하지만 결혼하지 않는 그녀는 사랑 때문에 결혼하지 않는 것이기도 했다.

고백하자면 나는 그녀에게 매달리는 느무르 공에게 감정 이입을 했다. 그가 그녀를 설득하는 말 그대로 그녀를 질타했다. '왜 미리 짐작하고 앞서 가는 거야? 사랑을 거부하지 말고 네 감정을 따라라, 뭐가 그렇게 두려운 거야?' 사랑에 기꺼이 빠지지 않는 그녀가 겁쟁이 같았다. 그러나 그녀는 내가 그녀에게 품은 의심을 그대로 자신에게 던졌다. '왜 나는 그와 결혼하면 불행해질 거라고 생각하는가, 과거에 대한 집착, 미래에 대한 두려움 때문이라는 괜한 이유를 대면서까지? 아니야, 나는 스스로 정한 내 삶의 의무가 있어. 그와는 절대로 결혼하지 않겠어.'

그것은 의무와 욕망의 대결도, 이성과 감정의 대결도 아니다. 욕망과 욕망의 대결이다. 그의 사랑을 가슴에 품은 채 조용히 살아갈 삶과 그와 사랑의 격정에 빠져들어 기쁘고도 고통스러울 삶. 모든 것은 변한다는 그 사실만이 변하지 않는다고 했던가. 그녀는 변할 것에 겁먹은 것이 아니라 변하고야 말 것에 헛된 희망을 걸지 않았을 뿐이다. 변화를 막을 수 있는 제도는 세상에 존재하지 않음을, 그러니 결혼은 결코 사랑의 완성이 될 수 없음을 알았을 뿐이다. 그런데도 사랑하는 사람과의 미래를 선택하지 않은 그녀를 질책할 수 있을까?

그녀의 선택에 거부감을 느끼는 나야말로 사랑의 환상에 빠져 있지는 않은가? 모든 난관을 극복하고서라도 쟁취해야 할 것.

모든 것을 내던지고서라도 붙잡아야 할 것. 그것이 주는 고통마저 감내하고 지켜내야 할 것. 그 폭력적인 서사를 어째서 그녀에게, 그리고 나에게 들이미는가? 왜 사랑은 모든 선택을 압도해야 하는가? 왜 사랑이 삶을 잡아먹어도 좋다고 생각하는가? 사랑이 가져다 줄 찬란하고 아름다운 미래만을 바라보는 철없는 느무르 공과 나는 판타지를 꿈꾸며 그녀의 선택을 존중하지 않았다. 사랑이라는 무소불위의 잣대를 휘둘러 그녀의 선택을 폄하했다. 이것이 사랑이라는 이름으로 여자에게 가해지는 온갖 폭력과 무엇이 다를까?

판타지는 늘 삶에 빗겨 있다. 그녀는 제 삶을 들여다보았고 판타지를 선택하지 않았다. 남자의 애원—사랑을 빙자한 협박—에 굴하지 않았다. 그녀는 용기 있는 여자다. 그러나 그녀의 용기는 남자의 위세에 눌리지 않을 지위와 경제력이 있기에 가능했으니, 과연 그럴 수 있는 여자가 몇이나 될까? 이것이 아무런 지위도 재산도 없는 여자들이 처한 잔혹한 현실이다.

○◇●

9

"나는 워더링 하이츠와 어린 시절에 익숙했던 모든 것들, 특히 내 전부였던 히스클리프와 떨어져 갑자기 낯선 사람의 아내가 되어 드러시크로스 저택의 안주인, 린튼 부인이 되어버렸어. 그때부터 난 내 세상에서 버림받고 쫓겨나 버린 거야. 〔…〕 나는 내가 다시 소녀였으면 좋겠어. 야성적이고, 강하고, 자유로워졌으면 좋겠어. 그땐 어떤 상처를 입어도 화내지 않고 깔깔거리며 웃었었지! 내가 왜 이렇게 변한 거야?"

— 에밀리 브론테, 《폭풍의 언덕》

에밀리 브론테, 《폭풍의 언덕》

저자 소개

에밀리 브론테(Emily Brontë, 1818~1848)는 영국 요크셔 주의 손턴에서 태어났다. 샬럿 브론테의 동생이자, 앤 브론테의 언니다. 황량한 벽지의 목사관에서 어린 시절을 보냈다. 엘리스 벨(Ellis Bell)이란 필명을 썼다. 소설 작품으로는 유일하게 《폭풍의 언덕》(1847)을 완성하고, 1848년 12월 19일 폐결핵으로 짧은 생애를 마쳤다.

줄거리

《폭풍의 언덕》은 황량한 들판 위의 외딴 저택 '워더링 하이츠'를 무대로 고아 히스클리프와 그 집 딸 캐서린 언쇼의 운명적이고 불운한 사랑, 그리고 그 사랑이 언쇼 가와 린튼 가에 몰고 온 비극을 그린다. 들판을 뛰어놀기 좋아하던 어린 두 야생마, 캐서린과 히스클리프는 각각 '귀부인'과 '신사'로 성장하지만, 당대의 억압적 종교와 도덕규범에 억눌린 그들의 야성적 기질은 섬뜩한 광기와 애증으로 표출될 수밖에 없었다. 유령이 되어 나타난 캐서린과, 그녀의 무덤을 파헤치기까지 하는 히스클리프의 광기 어린 울부짖음이 작품의 주요 화자인 록우드와 넬리 딘의 목소리 틈새에서 끊임없이 터져 나온다.

○◇●

글쓴이 큰돌은 출판 노동자로 밥벌이하며 살고 있는 30대 여성이다.

에밀리 브론테, 《폭풍의 언덕》

가부장제가 말려 죽인 신사 숙녀

유서 깊은 자작농 언쇼 가문의 딸 캐서린은 열정적이고 고집이 센, 기센 여자였다. 그녀는 가장인 아버지의 말도 잘 듣지 않는 집안의 골칫덩이였다. 집안의 모든 사람들은 캐서린에게 순하고 착한 아이가 되기를 요구하며 지겨운 설교와 체벌을 일상적으로 가했다. 아버지가 주워 온 새까만 머리의 집시 아이 히스클리프만이 캐서린의 유일한 친구였다. 어린 캐서린과 히스클리프는 광신자 조지프의 종교적 설교와 가부장적인 오빠 힌들리의 학대를 피해 자신들만의 천국이었던 들판에서 망아지처럼 뛰놀 때 가장 행복했다.

명랑한 캐서린은 쉽게 통제되지 않았다. 그녀는 날이 갈수록 난폭해졌다. 얌전한 숙녀가 되라는 집안 사람들의 바람은 이루어지지 않을 것처럼 보였다. 그러던 어느 날, 캐서린과 히스클리프는 '드러시크로스 그레인지'라는 문명 세계에 발을 들여놓는다. 치안 판사인 린튼 씨네 집 안을 창문 밖에서 엿보게 된 캐서린과 히스클리프는 화려한 응접실, 진홍빛 카펫, 집안을 빛내는 유리 장식, 은은한 조명에 눈이 휘둥그레졌다. 캐서린이 그 집의 개에게 물리자 린튼 씨네 사람들은 그녀를 집안으로 들여 정성스럽게 치료하고 돌봐준다. 그러나 히스클리프는 '야만인', '사악한 아이', '점잖은 집안에 어울리지 않는 아이'라며 내쫓는다. 캐서린은 히스클리프를 차별하고 배제하는 문명 세계의 안락함 속으로 빠져든다.

야생마처럼 살던 그녀는 드러시크로스 그레인지에서 5주 동안 숙녀 교육을 받은 후 달라진다. 어떤 훈육으로도 길들여지지 않던 그녀가 이제 세상의 주류적 질서에 눈뜨게 된 것이다. 고운 옷을 입고, 숙녀로서의 몸가짐과 승마를 배우면서 교양을 쌓고, 사람들에게 사랑받는 방법을 터득하게 된 캐서린. 그녀에게는 이제 에드거와 이사벨라라는 새로운 친구도 생겼다. 그렇다고 그녀가 워더링 하이츠의 히스클리프를 잊은 것은 아니었다. 그러나 새로운 친구들의 깔끔한 모습과 다르게 더러운 옷, 때 묻은 몸, 하인으로 전락한 히스클리프의 처지가 신경 쓰이기 시작했다. 서로에게 유일한 친구였던 캐서린과 히스클리프의 사이에 벽이 생겨버렸다.

캐서린과 히스클리프를 갈라놓은 것은 그들의 계급적 차이뿐만이 아니었다. 지주 계급의 딸이었지만 상속권이 없었던 캐서린이 유산으로 받을 수 있는 것은 가축과 가구뿐이었다. 이런 상황에서 그녀가 택할 수 있는 유일한 타개책은 결혼이었다. 일자리를 구해 독립할 수도 없었던 캐서린은 결혼하지 않으면 평생 오빠의 짐짝 취급을 받으며 살아야 했다.

캐서린은 자신에게 반한 에드거 린튼이 청혼하자 린튼 가의 안주인이 되기로 결심한다. 그 선택이 자신의 재산과 명예를 보장하는 유일한 길이라는 것을 그녀는 누구보다 잘 알고 있었다. 히스클리프를 사랑했지만 근본 없는 떠돌이에 자기 집안의 하인이 된 그와 결혼하는 것은 자신의 품위를 떨어뜨리는 일이었고, 고생길이 될 게 뻔했다.

캐서린은 에드거가 제공해 줄 안온한 삶을 뿌리칠 수 없었다. 그렇다고 히스클리프와 헤어질 수도 없었다. 그녀는 결혼을 하면 하인으로 전락한 히스클리프를 구원할 수 있을 거라며 자신의 결혼 결심을 정당화했다.

그러나 결혼은 그녀의 구원책이 될 수 없었다. 히스클리프를 구원하기는커녕 그를 떠나보내야 했고, 귀부인의 삶과 조화를 이룰 수 있을 거라 여겼던 자신의 야성적 기질은 억압해야 했다.

대신 그녀는 '집안의 천사'가 되어 남편의 아내이자 드러시크로스의 안주인으로서의 역할에만 충실해야 했다. 결혼을 통해 캐서린이 할 수 있는 유일한 일은 남편의 사랑을 갈구하는 것이었다. 아버지에서 오빠로, 그리고 남편으로 이어진 가부장의 지배를 받아들여야만 했던 캐서린. 이제 그녀에게 들판을 뛰어다니는 '철없는 짓'은 용납되지 않았다.

캐서린은 신사가 되어 다시 돌아온 히스클리프와 재회하면서 억압하고 있던 자신의 야성적 기질을 드러낸다. 그녀가 남편에게 히스클리프를 받아들이라고 한 건 잊고 살았던 자신의 열정적 기질을 인정해 달라는 말이었다. 타고나길 순종적이지도 않고, 세련되지도 않은 그녀에게 강요된 숙녀와 귀부인으로서의 몸가짐은 점점 그녀를 옭아맸다.

캐서린은 자신이 드러시크로스 저택이라는 감옥에 갇혀, 자기가 동조한 환상의 노예로 살고 있음을 깨닫는다. 그녀가 갖고 있던 귀부인의 삶에 대한 동경과 자랑스러움은 서서히 혐오감으로 바뀌어 갔다.

그녀는 자기 안의 히스클리프를, 그 야성의 생명력을 끝내 지워버릴 수 없었다. 끓어오르는 피를 적절히 통제해야만 하는 생활을 가까스로 버티다, 불덩이 같은 몸을 식히지 못해 끝내 정신과 육체가 다 타버리고 만 캐서린. 가부장제 사회에서 그녀의 건강한 생명력은 광기로밖에 표출될 수 없었다. 그렇게 캐서린은 '다락방의 미친 여자'가 되어 딸을 조산한 뒤 죽는다.

다시 돌아온 히스클리프도 예전의 히스클리프가 아니었다. 사납고 무자비하고 늑대 같은 사나이 히스클리프는 캐서린과 함께 있을 땐 건강한 야성의 힘을 간직한 존재였지만, 돌아온 그는 광기와 복수심에 불타는 망나니에 불과했다. 그는 가부장적 폭력의 희생자이면서 그 폭력을 그대로 답습한 가해자가 되어버렸다. 그리고 캐서린을 소유하지 못한 복수를 캐서린의 시누이 이사벨라와 캐서린의 딸, 그리고 자신의 아들과 헤어튼에게까지 가하면서 괴물이 되었다. 집안의 폭군, 자본주의적 착취자로 사람들을 괴롭히는 데 자신의 모든 생명력을 소진한 후 죽는 히스클리프. 이렇게 캐서린과 히스클리프는 모두 속물적이고 폭력적인 문명 세계에서 자멸했다.

캐서린과 히스클리프는 유령이 되어 마을을 떠돈다. 유령은 문명 세계에서 억압되고 망각된 힘, 악마적이고 기이하고 공포스런 존재로밖에 표출되지 못하는 야성적 생명력을 의미한다. 《폭풍의 언덕》의 표면에 있는 비극적 러브스토리 아래서 목소리를 내는 것은 가부장제의 폭력성과 그 밑에서 억압 받고 미쳐가

는 '신사'와 '숙녀'들의 분노, 자기 파괴, 울부짖음이다. ○◇●

10

"나는 친정에서는 아버지의 인형 아이
였던 것처럼, 당신의 인형 부인이었어
요. 그리고 여기 이 아이들은 내 인형들
이었죠. 내가 아이들을 데리고 놀면
아이들이 즐거워하던 것처럼, 나는 당신
이 나를 데리고 노는 걸 즐거운 일이라
여겼어요. 토르발, 그것이 바로 우리의
결혼이었어요."

— 헨리크 입센, 《인형의 집》

헨리크 입센, 《인형의 집》

저자 소개

헨리크 입센(Henrik Ibsen, 1828~1906)은 노르웨이 남부의 작은 항구 마을 시엔에서 상인의 아들로 태어났다. 36세 때 정부로부터 여행 자금을 받아 로마에 갔고, 이후 27년 동안 이탈리아와 독일을 돌아다니며 걸작을 써냈다. 《인형의 집》(1879)도 이 시기의 작품이다.

줄거리

세 아이의 어머니, 사랑받는 아내로 살던 주부 노라. 즐겁게 크리스마스를 준비하고 있는 그녀에게 린데 부인이 찾아온다. 세상 물정을 모른다는 린데 부인의 말에 노라는 발끈하며 자신의 비밀을 털어놓는다. 몇 년 전 남편이 죽을 병에 걸려 휴양을 가야 했을 때 아버지의 서명을 위조하여 그 경비를 빌렸던 것. 노라는 그동안 바느질이나 서류 작업으로 푼돈을 벌어 남편 몰래 그 돈을 갚아 왔다. 이 비밀을 알고 있는 크로그스타드가 직장을 잃을 위기에 처하자 노라를 찾아와 남편에게 비밀을 폭로하겠다고 협박한다. 모든 비밀이 밝혀진 후, 노라는 위선과 허위뿐인 '인형의 집'을 떠난다.

○◇●

글쓴이 큰돌은 출판 노동자로 밥벌이하며 살고 있는 30대 여성이다.

인형의 '인간' 선언

노라는 꿈에서 깨어났다. 그녀는 자신이 지키려 했던 가정의 평화와 행복의 허상을 깨달았다. 병든 남편과 집안 살림을 건사하기 위해 돈을 빌린 일이 '경박한 여자'가 벌인 범죄 행위가 되었고, 그녀는 남편의 인생을 망치고, 행복을 부순 망할 여편네가 됐다. 남편은 그런 아내에게 아이들을 돌볼 자격을 박탈하고, 가정 파탄의 책임까지 떠넘겼다. 아내는 자신의 '스위트 홈'에서 철저히 버림받는다.

남편은 그 와중에도 사회적 체면 때문에 아내에게 함께 살면서 쇼윈도 부부 행세를 하자고 한다. 노라처럼 매력 넘치고 아름다운 젊은 아내는 남편의 명예를 드러내는 재산이었기 때문이다. 명예 때문에 아내를 버리려는 사람을 믿고 그에게 순종하며 자신을 희생했던 노라. 그녀의 눈앞에 서 있는 남편은 이제까지 그녀가 알던 사람이 아니었다. 노라는 갑자기 모든 게 낯설어졌다.

노라는 자신을 귀여운 어린아이 취급하는 남편의 취향에 맞춰 노래하고 춤추는 '종달새', 세상 물정 모르는 '철부지'로 살았다. 150년 전이나 지금이나 남편의 보호를 받는 '아내'란 그런 존재다. 연약하고 지적으로 열등하여 남편의 가르침을 받아야만 하는 존재, 남편의 보호 속에서만 존재해야 하는 아내! 이렇게 가부장제의 하늘 아래서 아내는 남편과 대등한 존재일 수 없다. 아내는 합법적으로 남편을 위한 시녀이고, 그런 역할에 적합한 미덕만을 기르도록 강요받는다.

매릴린 옐롬은 "불행히도 아내는 남편에게 봉사하고 복종해야 하며, 남편은 아내를 때리고 들볶아도 괜찮다는 낡은 믿음이 완전히 사라지지 않고 있다. 우리는 아직까지도 사회에 버젓이 존재하는 진부한 믿음의 찌꺼기들을 볼 수 있다." 매릴린 옐롬 지음, 이호영 옮김, 《아내의 역사》, 책과 함께, 2012, p. 15. 라고 말한다. 하도 오래 되어서 우리의 DNA에 새겨진 것이 아닐까 싶다. 문자로 기록된 역사 시대 내내 여성은 아버지의 딸에서 남편의 아내가 되는 것 말고는 선택지가 없는 삶을 살았다. 지금이라고 이런 상황이 얼마나 달라졌을까?

나이든 아들의 밥과 잠자리를 책임질 며느리를 구한다는 TV 속 어머니들은 손자를 보기 위해서 반백 살 아들의 짝으로 젊은 가임기 며느리를 당당하게 요구한다. 여성은 아이 낳고, 집안일을 책임지고, 돈 벌어다 주는 남편에게 봉사하는 존재라는 듯. 그리고 이 모든 건 '사랑', '모성', 자연의 '순리'라는 이름으로 미화된다.

어떤 이들은 말한다. 요즘엔 드센 여자들 때문에 오히려 남자들이 더 피해본다고. 또 어떤 이들은 말한다. 요즘 여자들은 겨우 한두 명 낳으면서 출산의 고통과 양육의 고단함에 대한 불평을 늘어놓는다고. 예전보다 훨씬 살기 편해졌는데 무슨 불만이 그렇게 많으냐고. 그런데 그들은 자신들이 미화하는 과거 시대의 어머니들, 그 '모범적' 여성 조상들이 어떻게 살아왔는지, 그들이 진짜 무엇을 느끼고, 어떤 생각을 하면서 살았는지 생각하지 않는다.

노라는 '인형의 집'에서 자신에게 강요됐던 아내, 어머니로서의 '거룩한 의무'라는 족쇄에서 벗어나려고 한다. 인형놀이는 그만 하려고 한다. 인형 노릇도, 인형을 갖고 노는 일도 더 이상 하지 않겠다! 노라는 아내와 어머니로서의 의무 이전에 인간으로서 스스로 져야 하는 책임과 의무가 있다는 걸 깨달았다. 그걸 깨달은 이상 남편과 가족은 자신의 의지처가 될 수 없었다. 모든 일에 대해서 스스로 생각하고 설명을 찾아야겠다는 노라에게 남편은 아내이자 엄마로서의 의무를 들이밀며 비난한다.

1879년 12월 코펜하겐 왕립 극장에서 이 작품이 초연되었을 때 큰 소동이 일었다고 한다. 여자가 아내이자 엄마로서의 본분을 부정하고 남편과 자식을 버리고 자신의 길을 간다는 것 자체가 사회적 모독으로 간주되었기 때문이다. 스칸디나비아 전역에서 유례없는 격렬한 반응이 일자 입센은 독일어판에서는 노라가 문을 닫고 나가는 결론 대신 잠자는 아이들을 바라본 후 마루에 주저앉아 울부짖는 것으로 결말을 수정하여 발표하기도 했다.

수정된 결말로 노라는 '가정파괴범', '나쁜 어머니', '나쁜 아내'라는 혐의를 벗어날 순 있었을 테지만, 그녀 자신으로 살기를 포기했을 것이다. 새장 속에 갇힌 새처럼, 욕망과 현실의 간극 사이에서 우울증과 공황장애를 겪게 되었을 것이다. 아내이자 어머니로서 '집안의 천사' 노릇을 하며 버티다 정신이 나간 '82년생 김지영'처럼 말이다.

버지니아 울프는 우리의 의식을 지배하는 상식은 역사적이고 정치적인 상황에 의해 결정된다고 말한다. 그러니까 상식은 그냥 많은 사람들이 옳다고 믿는 일종의 편견이다. 울프는 이런 편견이 힘을 발휘할 수 있는 여러 가지 이유 중 경제적 이유를 가장 강력한 것으로 보았다. 생계 수단이 없는 여자에게 남편은 무소

불위의 권력자가 될 수밖에 없다. 그러나 할 수 있는 일에 한계가 있는 사회에서 여자가 독립된 생계를 꾸리는 일은 결코 쉬운 일이 아니다.

노라는 필사를 하며 돈을 벌었던 적이 있다. 그때의 즐거웠던 경험은 그녀를 더 단단하게 만들어 주었다. 자신의 능력으로 돈을 벌어본 경험은 집에서 탈출하는 데 결정적 힘으로 작용했다. 그런 경험이 없었다면, 노라는 친정아버지와 남편의 바람대로 평생 유약한 철부지 노릇을 하며 살아야 했을 것이다.

집 떠난 노라에게 무엇보다 중요한 건 '자기만의 방'을 가질 수 있는, 다시 말해 독립할 수 있는 경제력이다. 그런 능력이 없다면 다시 남편에게 돌아오거나, 몸을 팔거나, 부랑자로 살거나, 죽는 길밖에 없다. 경제력이 없는 수많은 노라들은 불만과 굴욕감을 감수하며 남편의 그늘 밑에서 보호받고, 의지할 수밖에 없는 존재로 스스로를 끼워 맞추면서 평생을 살았다.

이 희곡을 읽으면서 나조차 가부장의 시선에서 자유롭지 않다는 걸 알았다. 온갖 비극적 결말을 상상하며 노라를 집에 주저앉히려고 했으니 말이다. 안주인 노릇하면서 꼭두각시로 사는 대신 자기 손으로 생활을 꾸리며 독립하겠다는 노라의 소박한 다짐은 오늘의 내가 매일매일 해야 할 다짐이기도 하다. 학교와 사회, 책과 미디어를 통해 진리처럼 선전되는 '상식'을 의심할 것! 끊임없이 나 자신의 욕망을 들여다볼 것! 내 안의 가부장과 마주하며 싸울 것! ○◇●

부록

'광화문 소설클럽' 인터뷰

'광화문 소설클럽' 인터뷰
— 첫 번째 리뷰집을 내는 그들을 만나다

질문 1. '광화문 소설클럽'에 대해 소개해 달라.

큰돌 토요일마다 광화문 근처 세미나실에서 모임을 열었다. 그래서 원래 모임 이름이 '토요일n책', 영어로 'Saturday_n_book'(줄여서 snb)라고 부르다가, 첫 번째 리뷰집을 준비하면서 우리의 정체성을 좀 더 명확히 하는 이름이 필요했다. 멤버 중 JR이 영화 제목(<부에나비스타 소셜클럽>)에서 영감을 받아 모임 이름을 새로 짓게 되었다. 마음에 쏙 든다!

질문 2. 멤버 각자에 대한 소개도 부탁한다.

생강 가사노동과 돌봄노동을 하며 책 읽는 50대 여성이다. 《목로주점》과 《위험한 관계》에 대해 썼다.

JR 주 5일 근무하고 주 2일 공부한다. 그 이틀 덕분에 매번 '아는 것'이 없다는 사실을 깨닫는다. 《말괄량이 길들이기》와 《테스》에 대해 썼다.

석정 책 속에서 삶의 길을 보려고 한다. 《오만과 편견》과 《제인 에어》에 대해 썼다.

노랑 배우는 것을 좋아하는 중년이다. 배우는 것을 좋아하는 노년이 되기 위해 오늘도 배운다. 《주홍 글자》와 《클레브 공작부인》에 대해 썼다.

큰돌 출판 노동자로 살고 있는 30대 여성이다. 《폭풍의 언덕》과 《인형의 집》에 대해 썼다.

질문 3. 연령대도 다양한 여성들이 모여 함께 책을 읽은 지 십 년이 됐다는데, 그 비결은?

생강 처음에는 연구공동체에서 함께 강의 들으며 책 읽고 리뷰를 썼는데 4년 전부터 독립, 우리 스스로의 공부모임을 만든 것이다. 그동안 변화도 많았지만 이렇게 오래 함께할 수 있었던 건 책 읽고 대화하고 글 쓰는 은근한 즐거움을 모두 알기 때문이 아닐까 싶다.

노랑 한 주, 한 주가 모여서 그 시간이 되었다. 늘 그 주만 생각했다. 읽어야 할 분량을 읽고 써야 할 과제를 쓰느라 한 주가 바빴다. 머리에 쥐가 나는데 아무것도 안 써지는데 약속이니까 그냥 했다. 그렇게 힘든데도 계속한 이유는 재미가 있어서? 읽고 쓰는 것도 재미있고 서로 다른 생각을 나누는 것도 재미있고 생각의 근육이 붙는 것도 느껴져서 건강해지는 것 같고.

질문 4. 고전을 읽는 이유는?

석정 이 모임과 함께 하기 전부터 즐겨 읽었던 책이 고전이었다. 특별한 이유 없이 책을 선정할 때 고전을 주로 골랐다. 고전을 읽으면서 현재와 다르지 않음에 삶에 대해 배우기도 해서 앞으로도 고전을 주로 읽을 것 같다.

JR 이 책 왜 고전임? 왜 명작임? 어디 한 번 이유나 알아보자, 뭐, 그런 이유! 그런데 세대를 거듭해 읽히는 책은 다 이유가 있었다. 여전히 인류가 해결하지 못한 문제이거나 여전히 같은 고통을 겪고 있기 때문. 그래서 나는 역사가 진보한다는 말을 믿지 않는다. 문제 해결의 방법은 이미 다 나와 있다. 인간은 늘 같은 문제를 반복할 뿐이다.

질문 5. 혼자가 아니라 '함께' 읽는 이유는?

노랑 어차피 책을 읽고 생각하고 글을 쓰는 행위는 혼자서도 할 수 있다. 그러나 생각을 나누는 건 혼자서 할 수 없다. 물론 자문자답할 수도 있지만 자기 생각에 갇힐 위험이 크다. 같은 텍스트를 읽어도 천차만별의 감상이 나온다. 그 차이가 재미있다. 자극이 되고 내 생각을 다시 한 번 점검하게 된다. 물론 비슷한 멤버들끼리 오랫동안 함께 하다 보니 생각이 고이는 느낌이 들어서 고민이다. 모임은 균질하지 않을수록 좋다고 생각하는데 벌써 우리는 너무 균질한 모임이 되어버렸다.

질문 6. 열 개의 작품 중, 가장 싫었던 작품은?

전원 《테스》.

질문 7. 열 개의 작품 중, 가장 추천하는 작품은?

생강 《클레브 공작부인》. 많이 안 알려져 있는데 지적이고 재미있다. 결혼에 대한 생각을 다시 한 번 하게 한다.

석정 《제인 에어》. 다른 소설들은 읽으면서 여자이기 때문에 겪는 고통스러운 삶을 읽는 것이 힘들었는데 《제인 에어》는 제인이 당당하게 자기 주관을 말하면서 행동하는 모습을 보여주어 열 편 중 가장 편하게 읽은 작품이었다.

노랑 《제인 에어》. 영화로 잘리고 축약된 부분이 핵심이다. 꼭 읽어보시라. 제인의 매력에 푹 빠질 것이다.

JR 《말괄량이 길들이기》. 남성들과 함께 읽어보시길!

큰돌 《제인 에어》. 제인은 아직도 실현하기 어려운 캐릭터인 것 같다.

질문 8. 현재 '광화문 소설클럽'의 주제어와 읽고 있는 책은 무엇인가?

노랑 2020년을 맞이해서 SF소설을 읽고 있다. SF를 읽어야 할 것 같은 해이지 않나? 2020년이라니! 물론 SF만이 아니라 상상의 세계를 그린 작품도 함께 읽는다. 이번 시즌 주제가 <2020, SF적 시대에 상상력을 읽다>라서. 1726년도 작인 《걸리버 여행기》(조너던 스위프트)부터 시작해서 2019년 작 《숨》(테드 창)까지 시대 순으로 쭉 읽을 예정이다.

질문 9. 앞으로의 계획은?

생강 계속 읽고, 쓰며, 정리할 만한 분량이 쌓이면 책으로 엮을 계획이다.

석정 나의 계획은 책 읽고 글쓰기를 포기하지 않고 이 모임과 꾸준히 함께 하는 것이다. 이유는 나에게 살아갈 힘을 주는 곳이니까. 서로 생각을 나누는 것이 좋다.

노랑 계획은 딱히 없다. 일단 어떤 주제를 가지고 책을 읽다 보면 다음에 무엇을 읽을지 자연스레 계획이 잡히니까. 책 읽는 것 이외의 계획은 '카페에 글을 열심히 올리자' 정도. 생각을 기록으로 남기자는 의견이 있어서 소홀하던 카페 활동을 잘해볼 생각이다. 개인적으로는 내년에는 회사를 옮길 예정이고 쌓아놓은 다른 책도 열심히 읽을 생각이다.

JR 나의 단순한 삶에는 계획이 없어요! 되는 대로 그때 그때 바로 바로!

큰돌 계속해 나가겠습니다.

질문 10. 마지막으로 하고 싶은 말이 있다면?

큰돌 '광화문 소설클럽'은 열려 있는 모임이다. 책 읽고, 글 쓰고, 이야기를 '함께' 나누고픈 분들의 참여를 기다린다. :)

광화문 소설클럽
인스타그램 @saturday_n_book
네이버카페 cafe.naver.com/satnbook

참고 문헌

Project Gutenberg e-book http://www.gutenberg.org 리스트

— Emile Zola,

    L'Assommoir, 2006 〔EBook #8600〕

— Choderlos de Laclos,

    Les liaisons dangereuses, 2016 〔EBook #52006〕

— William Shakespeare,

    The Taming of the Shrew, 1998 〔EBook #1508〕

— Thomas Hardy,

    Tess of the d'Urbervilles, 1994 〔EBook #110〕

— Jane Austen

    Pride and Prejudice, 2013 〔EBook #42671〕

— Charlotte Brontë,

    Jane Eyre, 2007 〔EBook #1260〕

— Nathaniel Hawthorne,

    The Scarlet Letter, 2008 〔EBook #25344〕

— Madame de Lafayette

  La princesse de Clèves, 2006 〔EBook #18797〕

— Emily Brontë,

  Wuthering Heights, 2007 〔EBook #768〕

— Henrik Ibsen,

  A Doll's House, 2008 〔EBook #2542〕

국내 서적

— 매릴린 옐롬 지음, 이호영 옮김,

  《아내의 역사》, 책과 함께, 2012.

여성을 비추는 열 개의 거울

초판 1쇄 발행일 2020년 9월 17일

지은이	광화문 소설클럽
펴낸이	최윤영
펴낸곳	책봇에디스코
주간	박혜선
디자인	최수진 greenmooi@naver.com

출판등록	2020년 7월 22일 제2020-000116호
전화	02-6397-5302
팩스	02-6397-5306
이메일	ediscobook@gmail.com
인스타그램	www.instagram.com/ediscobook
페이스북	www.facebook.com/edisco.book.1

ISBN 979-11-971270-0-7(03800)

이 도서의 국립중앙도서관 출판예정도서목록(CIP)은
서지정보유통지원시스템 홈페이지(http://seoji.nl.go.kr)와
국가자료종합목록 구축시스템(http://kolis-net.nl.go.kr)에서
이용하실 수 있습니다. (CIP제어번호 : CIP2020032000)

본 책에는 대한인쇄문화협회에서 제공한 바른바탕체와
한국출판문화산업진흥원에서 제공한 순바탕체가 적용되어 있습니다.